Babama ve tüm babalara…

Korkma Kalbim

Ahmet Batman'dan

DESTEK
yayınları

Bir fotoğraf karesinde unutulmalıydık.
İşte o zaman hep mutlu kalırdık...

GİRİŞ

İnsanlar yaşadıklarının çok geç farkına varırlar. Bu farkına varış bir yenilgi ya da bir kaybedişle başlar. Aklının sesinden bir an olsun çıkmak istemezken bazen kalbinin sesine yönelirsin ama aklın rahat bırakmaz durdurur seni çünkü asıl korkak olan insanın aklıdır. Kalbin korkusu akla karşı koyamadığından ileri gelir. Çocuk kalsak hep âşık oluruz çünkü o dönemlerde kalbimiz aklımızı önemsemez. Büyüdükçe aşkı unuturuz, işin içine akıl karışır ve hesaplar devreye girer. En basiti kırılmaktan korkarız ve kalbimizin sesini duymayız.

Kalbine bir şans ver çünkü korkak bir kalp aşkı tadamaz ve aşksız bir hayat aslında hiç yaşanmamıştır.

Sonun başlangıcı...

"Şu anda, sana güzel bir söz söyleyebilmek için,
on bin kitap okumuş olmayı isterdim, gene de az gelişmiş
bir cümle söylemeden içim rahat etmeyecek: seni tanıdığıma
çok sevindim kendi çapımda."

– Oğuz Atay

Birinci Bölüm

Merhaba hayat, ölene kadar beraberiz.

Benim küçük dünyam...

Kendimle baş başa kalmayalı uzun zaman oldu. Kısacık hayatımı hep başkaları için yaşadığımı fark etmeye başlayalı ise sadece birkaç hafta... Şu sıralar eskisi kadar güçlü değilim. Zaten hiçbir şey eskisi gibi değil. Değiştim ama bu çok geç kalınmış bir değişiklik. Kalabalıkların içindeki yalnızlığımı görünce başladı her şey. Gözlerimi kapadım yoktular ve aslında en başında kapamam gerekiyormuş.

Geç kaldım.

Her şeye biraz, kendime çok...

Burak Ataman olarak hayatımı sürdürmeye çalışıyorum. Ortaköy'de beş katlı asansörsüz bir apartmanın dördüncü katında oturuyorum. Bu ev bana babamdan kaldı, ona da babasından kalmış. Dedeme de muhtemelen büyükbabasından kalmıştır. Yıllardır İstanbul'un göbeğindeki bu eski ama bir o kadar da güzel olan apartmanda oturuyorum ve birçok insanın aksine, huzurluyum diyebiliyorum.

Biraz daha geçmişe dönecek olursak çok daha mutluydum ama bilirsiniz işte mutluluklar pek uzun sürmez. En azından acılar kadar uzun sürmediğine eminim. Çünkü acılar izler bırakırken, mutluluklar acıların bıraktığı izleri bir süreliğine siler. Benim yaşadığım mutluluklar tam da böyleydi. Silinmiş gibi görünen ama altında hep bir acıyla boğuşan...

Küçük yaşlarda babamdan öğrendiklerim sayesinde erken olgunlaştım. Hayatın herkese eşit davranmadığını, zamanın herkes için aynı hızda geçmediğini, aşk şarkılarının bütün insanlar için söylenmediğini ve kaybettiklerim için üzülmemeyi hep babamdan öğrendim. Babam benim bu hayattaki kılavuzum oldu ve yine babam sayesinde çok erken büyüdüm. Hem de keşke hiç büyümeseydim diyecek kadar erken...

Annem ise çok başka bir hikâye... Ona düşkün olmak isterken, nasıl hayatımızdan kayıp gittiğini gördüm. Yavaş yavaş pili biten bir fener gibi... Işık saçardı hep ama son zamanlarda kendine bile yetemedi. İlk katıldığım cenaze anneminkiydi...

Özledim.

Ama artık çok geç...

Bulunduğum apartmanın en üst katında Madam Eleni oturuyor. Madam Eleni çok varlıklı bir ailenin tek çocuğu ve tam bir İstanbul âşığı... Onun da âşıkları çok tabii... Öyle ki dedem bile gizliden gizliye sevmiş onu. Madam Eleni'nin kalbe dokunan öyle bakışları var ki, dünyanın en güzel kadını da olabiliyor bazen. Madam Eleni sabahtan akşama kadar gramofonunda eski şarkıları çalar ve

Boğaz'a karşı mavi gözlerini dinlendirir. Laf aramızda beni de çok sever. Ne zaman fenalaşsa kapımı çalar tansiyonunu ölçtürür. Torunu gibi ilgilenir benimle... Bana olan bu ilgisi biraz da ikimizin hemen hemen aynı kaderi paylaşmamızdan kaynaklanıyor. Yalnızlık...

Hemen alt katımda ise yetmiş sekiz yaşındaki eski diplomat Üzeyir Amca oturuyor. Madam Eleni'den tam altı yaş büyük... Birbirlerini pek sevdikleri söylenemez. Pek de bir araya gelmezler zaten. Birkaç haftada bir güzel yemekler hazırlayıp ikisini davet ederim evime... Orada gayet iyi anlaşırlar ancak bu anlaşmanın devamı gelmez. Akşamın sonunda mutlaka tartışacak bir konu bulurlar. Biri gramofonun sesinden şikâyet eder, diğeri apartmandaki sigara kokusundan... Üzeyir Amca kesinlikle evinde sigara içmez, bu rahmetli eşinden kalma bir alışkanlığıymış. Kapısının önündeki merdivene oturur peş peşe yakarmış sardığı sigaralarını... Şimdilerde ise bu alışkanlığından kurtulamadığı için apartman sahanlığını kaplayan dumanlara esir kalıyoruz. Gerçi benim bir şikâyetim yok ama Madam Eleni'ye bu durumu kabullendirmek ne mümkün... Hep bir kavga hep bir telaş...

– Burak evladım bu kadın yine beni sıkıştırıyor.

– Hangi kadın Üzeyir Amca?

– Yok mu şu hani cırlayıp duran...

– Madam Eleni'den bahsetmiyorsun değil mi Üzeyir Amca?

– Hah o işte, başka kim olacak?

– Aman duymasın, ne oldu ki?

– Bütün apartman sigara kokuyormuş. Komşuları oturmaya gelmek istemiyorlarmış ona. Sanki komşu kaldı bu devirde... Neymiş efendim, apartmanın beyaz duvarları bile sararmış. Şuna da bak sen! Ben biliyorum onun neden böyle yaptığını da, işte...

– Neden yapıyor sence?

– Bu kadın beni çekemiyor.

– Üzeyir Amca bence bunlar aramızda kalsın, gel seninle biraz yürüyüş yapalım. Sigaranı denize karşı yakarsın olmaz mı?

– Olur evladım ama unutma bak bu kadının gözleri de bir tuhaf bakıyor.

– Deniz gibi bakıyor sadece, korkma Üzeyir Amca...

Apartmanımızın ikinci katı yıllardır boş. Ne gelen var ne giden. Sahibi bile uğramıyor. Birinci katta ise diş hekimi Yalçın Bey var. Yalçın Bey'e her ay okumak istediği kitapları ben getiririm. O benim dükkânıma pek uğramaz ama iyi anlaşırız. Çok ilginç ama bir o kadar da iyi bir adamdır kendisi... Geçenlerde yine kahvaltı için iki ekmek almıştım. Tam eve dönerken Yalçın Bey'le kapıda karşılaştık.

– Burak geçen gün getirdiğin kitabı hiç beğenmedim.

– Başka kitap getireyim Yalçın Bey ama neden beğenmediniz ki?

– Kadın adamı terk etti. Hem de hiçbir şey söylemeden. Olur mu öyle şey?

– Herkes olmasın ister ama hayat bu... Siz kitabı sonuna kadar okudunuz mu?

– Aslında kadın adamı terk edince ben de kitabı terk ettim.

– Yine mi Yalçın Bey? Bir kere de bitirin şu verdiğim kitapları, belki sonu tam da sizin istediğiniz gibi biter bir gün...

– Hiç sanmıyorum Burak. Hem benim istediğim gibi bitse ne değişir ki? Hayatın içinde yaşadıklarımız değişmedikten sonra kitaplarda mutlu olsak ne yazar?

– En azından mutlu olduğumuz bir yer bulmuş oluruz ve bence buna değer...

Böyle bir aileye sahibim işte... Sahilde küçük bir sahaf dükkânım var. Hayatım evle dükkân arasında geçip gidiyor. En sevdiğim şeyler en yakınımda... Bir bakıma şanslı insanlardan sayılırım. Kitaplar kadar denizi de seviyorum. Denize yakın olmak beni mutlu ediyor. Sanki bütün mutsuzluğumu benden alıp tuzlu suyuna karıştırıyor. Bu hayatta bunu yapabilecek başka ne var ki?

Hayatımı çok daha kısa da anlatabilirim. Yaşıyorum, evet hâlâ yaşıyorum ve bu hayat nasıl bitecek bilmiyorum ama kendimi iyi hissediyorum. Unutmadan bir de hemen salonumun camından görünen, tam karşımdaki apartmanın üçüncü katında bir kız var, onun adı da Başak. Görmüyor. Hayata köpeğiyle beraber tutunuyor... Dünya onun için çok karanlık ama biz çok iyi iki arkadaşız ve bu karanlığı onunla paylaşabiliyoruz. Onun için vakit buldukça bazı kitapları seslendiriyorum. Sesimi çok sevdiğini söylüyor, annesi okuduğunda dinlemek istemiyormuş. Sırf bu yüzden sevebileceği birçok kitabı okuyarak kasetlere kaydettim ve küçük teybinde dinlemesini sağladım.

– Burak bugün benimle neler yapabilirsin?

– Her şeyi.

– Ne mesela?

– Seninle Galata Kulesi'ne çıkıp fotoğraflarını çekebilirim.

– Sen dünyanın en iyi adamısın galiba...

Babam hep, "Hayat sana karşılığını veremeyeceğini bildiğin birine yaptığın iyiliklerle güzelleşir" derdi. İşte bu ondan öğrendiğim en güzel şey olmuştur. Başak benim karanlıklara saklanmış meleğim ve en iyi arkadaşım...

Tüm bunlarla birlikte aslında bir de erkek kardeşim var. Adı Buğra ve benden dört yaş küçük. Aramıza, kaybettiğimiz anne ve babamızın acısı geldi oturdu. Birbirimize sarılmamız gerekirken uzaktan bakmayı tercih ettik. Bir bakıma şu an yaşadığım hayata mecbur kaldım diyebilirim. Ama biliyorum ki her şeye rağmen şükretmek elimizde...

Bazı günler evden hiç çıkmam. Bütün gün boyunca resim yaparım. Yirmi sekiz yaşında bir adamı sadece suluboya takımındaki mavi renk bile mutlu edebiliyor. Tek şikâyetim mavi boyamın çok çabuk bitmesi... Evet, en sevdiğim renk mavi. Tüm dünyayı kaplayan bir rengi bu kadar çok sevmek gerçekten güzel bir şey. Mavi boyalarımın bitmesi konusunda aynı şey geçerli değil tabii...

Çocukluğumdan kalma iki alışkanlığım var. Birincisi suluboya ile sürekli duvarları maviye boyamak, ikincisi ise sürekli karanfil çiğnemek. Bu süreklilik tüm anlarımı kapsamasa da, karanfil çiğnemeyi seviyorum. Kardeşim Buğra ile bir keresinde evdeki bütün karanfilleri çiğnemiştik. Annem bunu aşure yapacağı gün fark etmişti, çünkü "Anne bize karanfil al" diyemiyorduk. Bir çocuğun bakkaldan leblebi tozu yerine karanfil alması da oldukça ilginç zaten.

Hayatınız bir bakıma çocukluğunuzdaki gibi ilerliyor ya da çocukken yapamadıklarınızı büyüdüğünüzde geç kalmışlığın verdiği pişmanlıkla yaşayarak bitiyor. Babamın biri mavi diğeri beyaz iki vespa motoru vardı. Bu motorlardan birini bana diğerini Buğra'ya bıraktı. Babamdan kalan en değerli hediyelerimiz işte bu motorlardı. Bir de boynumuzda taşıdığımız hakem düdükleri... En sevdiğim renk mavi olmasına rağmen beyaz vespa benim olmuştu çünkü Buğra da maviyi severdi ve ben kardeşime asla kıyamazdım.

Kardeşimle ne kadar aynı ailenin içinde büyümüş olsak da çok farklı insanlar olduk. O çok sevdiği gitarının ve motorunun sevdasında kaybolurken, ben kitapların ve denizlerin aşkıyla yaşamıma devam ettim. Buğra üniversite eğitimi için Muğla'ya gitti, bense tüm öğrenimimi İstanbul'da tamamladım. Buğra resim yapmayı hiç sevmedi, ben gördüğüm her şeyi resmettim, en çok da gökyüzünü...

İki farklı insandık, anlaşamazdık ama birbirimize mecburduk, çünkü biz kardeştik ve hiçbir şey bunu değiştiremezdi.

Hayat dönüm noktalarından ibaretti, bir de yolunuzun kesiştiği insanlardan... Bu ikisi aynı şeydi aslında, karşınıza çıkan her insan sizin dönüm noktanız oluyordu. Ben bu dönüm noktalarını yaşamımın her evresinde gördüm. Meğer görmek de yetmezmiş bazen... Üzerine uzun uzun düşünmek lazımmış. Ben bunu hiç yapmadım. Umursamadım ve hep bundan daha kötü ne olabilir ki diye düşündüm.

Hayat öyle değilmiş işte...

Her zaman her şeyin daha iyisi olabileceği gibi daha kötüsü de olabilirmiş. Ben tüm bunları yaşayarak öğrendim... Bir yanım Madam Eleni'nin gözlerinden denizi izlerken diğer yanım Başak'ın gözlerinden karanlıklara dalmış. Ben hiç ben olmamışım ve kendi küçük dünyamda kaybolmuşum...

İkinci Bölüm

Günlerin uzunluğu, yılların kısalığı ve benim şu bir başınalığım...

Kalabalık bir yalnızlık...

Bu sabah Madam Eleni'nin bastonunun sesiyle uyandım. Ne zaman ilgiye ihtiyaç duysa bastonuyla yere üç kere vurur ve beni yanına çağırır. Bahanesi hep aynıdır. Ya tansiyonu düşmüştür ya da çıkmıştır. Yüzümü bile yıkamadan hemen yukarıya yanına çıktım.

– Günaydın Madam Eleni...

– Günaydını mı kaldı çocuk! Ölüyorum burada hiç bakmıyorsun bana. Tansiyonumu ölç hadi...

– Hemen ölçüyorum, ölmek için hiç güzel bir gün değil hem... Boğaz'a karşı birer sabah kahvesi mi içsek?

– İçelim yavrucuğum.

– Siz terasa geçin ben geliyorum.

– Tamam gel bakalım.

Madam Eleni hayatının büyük bölümünü ilgi içinde geçirmiş bir kadındı. Ta ki şu döneme kadar... Artık etrafında kimse dolaşmıyor, kimseden ilgi göremiyor ve bu durum onu hırçın, aksi bir ihtiyar yapıyordu. İhtiyarlık lafın gelişi tabii çünkü o hâlâ otuzunda!... Kahveleri hazırlayıp terasa yanına çıktığımda çoktan Boğaz'ın güzelliğine kaptırmıştı kendini...

– Âşık ol Burak âşık. Bu yaşlar bir daha gelmez oğlum.

– Olamıyorum Madam Eleni.

– Neden olamıyormuşsun? Beğenmiyor musun kızları?

– Beğeniyorum ama âşık olamıyorum.

– Yoksa sende filofobi mi var evladım?

– O ne Madam Eleni?

– Sevmekten, âşık olmaktan korkmak... Korkuyor musun sen?

– Yok yok. İyiyim ben, korkmuyorum... Hadi kahvelerimizi içelim.

– İçelim bari...

Madam Eleni'ye yok desem de, basbayağı korkuyordum âşık olmaktan. Sevip sevilmemekten değildi korkum ama aşkın beni değiştireceğinden korkuyordum. Kitaplara ve denizlere âşıkken, hayatıma giren kadınla ya tüm bunlar değişirse diye korkuyordum. Alışmaktan ve bir süre sonra yine bir başına kalmaktan korkuyordum. "En büyük korkularımız kimseye itiraf edemediklerimizdir..." yazıyordu bir kitapta... İşte benim de en büyük korkum buydu. Âşık olmak ve kendimden vazgeçmek.

Uzun zaman boyunca bu konuyu düşünmüştüm ama işin içinden bir türlü çıkamamıştım. Bazı insanlar birilerini her şeyden vazgeçebilecek kadar sevebiliyorlardı. İşte ben bunu yapamıyordum. Ben sahip olduklarımdan vazgeçecek kadar sevmedim hiçbir kadını. Belki de bu bir başınalığın tek nedeni buydu.

Madam Eleni ile kahvelerimizi içtikten sonra müsaade isteyip kendi daireme indim. Hemen yağsız bir omlet hazırlayıp, üç zeytin ve bir dilim kızarmış ekmek yedim. Ardından günlük sporumu yaptım ama artık biraz zorlandığımı hissediyordum. Yoksa ben de mi yaşlanmıştım? Yirmi sekiz yaşındaki bir adam ne kadar yaşlanabilir ki?... Otuz beşinci şınavdan sonra yoğun bir öksürük tuttu ciğerlerimi ve yarım bıraktım sporumu... Duş yapıp çıkmam gerekiyordu artık çünkü hâlâ dükkânı açmamıştım ve saat on bir olmuştu.

Penceremden Başak'a baktım. İşte benim için dünyanın en büyük hüzünlerinden biri de buydu. Ben ona bakabiliyordum ancak o beni göremiyordu. Pencerelerimizin arasında bir makara vardı ve o makaraya bağlı olan sepetle seslendirdiğim kitapları ona gönderiyordum her sabah. Bu kadar şeye yetişmek beni gerçekten yormaya başlamıştı ama getirdiği mutluluk yorgunluğumu silip atıyordu.

İşte yine karşımdaydı. Çok sevdiği armut koltuğuna oturmuş kumral saçlarını tarıyordu. Keşke üzerindeki zarafeti kendi de görebilseydi diye düşündüm. Onunla apartmanlarımızın yakınlığı sayesinde arkadaş olmuştuk. Odası çok sadeydi ve genelde tülünü kapatmayı unutuyordu.

– Günaydın Başak.

– Günaydın Burak. Ne kadar güzel bir gün değil mi?

– Martıların seslerinden anlaşılıyor bu güzellik...

– Ne zaman tekrar sahile götüreceksin beni? Hem Renk de seni çok özledi...

– İlk fırsatta tekrar gideriz ama sen de yine o dereotlu poğaçalardan getireceksin söz mü?

– Söz tabii ki...

– O zaman yeni bir kitabı hak ettin...

– Aaa... gerçekten mi?

– Hemen gönderiyorum, akşam görüşmek üzere, mavi kal Başak...

– Görüşürüz, mavi kal Burak.

Görmeyen bir insana renkleri anlatamazsınız ama Başak maviyi en az benim sevdiğim kadar seviyordu. Ona mavinin dünyada en çok bulunan renk olduğunu anlatmıştım ama nasıl bir renk olduğunu anlatamadım. Sürekli gördüğü karanlığı da... Başak'ın sözleri beni şükretmeye yöneltiyordu her defasında...

"Yaratan dünyada en çok maviyi kullandıysa, bize de maviyi sevmek düşer" demişti. Başak maviden habersiz maviyi severken, ben onun karanlığındaki maviye âşık olmuştum.

Sohbetin ardından hemen evden çıktım ve önce Üzeyir Amca'ya uğrayıp bir şeye ihtiyacı olup olmadığını sordum. Gelirken roka, maydanoz ve limon almamı söyledi. En alt kata indiğimde yine yorulmuştum. Bu merdivenleri inip çıkmak gerçekten çok yorucu olmaya başlamıştı. Merdivenin altına bıraktığım beyaz vespamı ve beyaz kaskımı aldıktan sonra apartmandan çıktım. Motor benim için bir tutkuydu ve özgürlüğü hatırlatıyordu. Üzerime esen rüzgârla dans etmek en güzel şeylerden biriydi ve ruhumu yüceltiyordu.

Saat on bir buçuk civarında sahile indim. Hemen motoru park edip, dükkâna doğru yürümeye başladım. Diğer arkadaşlar çoktan açmıştı dükkânlarını ama ben yoktum yine ortalarda...

– Nerede kaldın Burak?

– Uyuyakalmışım Osman Abi, arayan soran var mı?

– Senin şu sarışın güzeli geldi ama ben sana söyleyeyim bu kız kitap almaya gelmiyor buraya. "Ben yardımcı olayım" dedim. "Burak Bey benim için hazırlayacaktı, onun önerilerini okuyorum" dedi. Şu kıza ne öneriyorsan söyle de, bizim de işler açılsın.

– Yahu abi biliyorsun ben pek bir şey önermeyi sevmiyorum. O kız zorla kitap istiyor benden.

– İyi iyi bir şey demedik. Kahvaltı ettin mi?

– Ettim abi ama çay varsa içerim.

– Olmaz mı? Hemen koyuyorum.

İşler bir bakıma tam da Osman Abi'nin dediği gibiydi. Böyle birkaç takıntılı kız arkadaş vardı ve illa okuyacakları kitapları benim önermemi istiyorlardı. Ben de hiçbirini geri çevirmiyordum ama bu durumun bana vereceği zararlardan da korkmuyor değildim. Çok kadınlı hayatların insanı mutsuzlaştırdığını okumuştum bir kitapta, bir erkeğin istediğini alması ile istenilen taraf olmasının bile ilişkiyi farklılaştırdığını öğrenmiştim. Ben artık birilerinin ilgilendiği adam olmayı değil de, peşinden gözüm kapalı gideceğim kadının karşıma çıkmasını bekliyordum. Evet en büyük alışkanlıklarımdan biri de buydu. Beklemek...

Ortaköy'de denize karşı çayımı yudumlayıp bir yandan da eş dostla sohbet etmek en büyük keyiflerim arasındaydı. Gün içinde eski kitaplarını satmak için ya da eski kitaplar almak için onlarca insan gelip giderdi. Tabii bu eskiden böyleydi. Şimdilerde kapımızı çalan insan sayısı epey azaldı. Belli başlı okurlarla birlikte ayakta kalmaya çalışıyoruz.

Kitapları hiçbir zaman bir ticaret aracı olarak görmedim. O yüzden kitap almaya ya da satmaya gelen insanlara müşterilerim diyemiyorum. Onlar da benim gibi sevdaları uğruna bedel ödeyenler işte, hepsi bu. Rauf Amca var mesela her hafta uğrar ve yeni gelen eski kitaplar arasından koleksiyonuna eklemek istediklerini alır. Onunla bir anlaşmamız var tabii... Kim önce ölürse kitapları diğerine bırakacak. Bununla ilgili bir imza attığımız sararmış bir kâğıt parçası bile var. Bu imzalar güvensizlikten atılmadı tabii, sadece birbirimize karşı ne kadar ciddi olduğumuzu göstermekti niyetimiz...

Rauf Amca yetmişi devirdi, bense ona göre henüz yolun daha başındayım. Şanslı görünüyorum onun gözünde... "Ben ölünce kitaplar sana kalacağı için çok mutluyum Burak" der her fırsat bulduğunda... Benden önce öleceğine emin çünkü ona sorarsanız benim yaşamam gereken çok şey var. Çok iyi bir eş olur senden diyor. Hatta kusursuz bir baba bile olabilirmişim. Bunları Rauf Amca yerine kalbimi gökyüzünden denize bırakan bir kadının söylemesini isterdim lakin o kadın nerede bilmiyorum.

Size de oluyor mu böyle şeyler? Ya seveceğim insan şu an başka bir şehirdeyse ve benim onunla karşılaşmak için tek şansım onun şehrine gitmekse... Ve ben şehir şehir gezmeyi sevmiyorsam... Ve yalnızlık sırf bu yüzden yanı başımdan ayrılmıyorsa... Mutlak bir değişmez de var tabii... Kader. Eğer karşılaşacaksanız kader bunun bir yolunu bulur ve eğer bu yol uzuyorsa mutlaka bunun da bir nedeni vardır.

Düşünceler içinde boğulan bir adamım ben. Daha yirmi sekizinde beklemekten usanmış, belki de biraz aceleci... Belki de herkesten daha sabırlı. Yaşadıklarımı düşündüğümde, dayanıklı bir kalbim ve zihnim olduğuna inancım artıyor. Çok aklı başında biri sayılmam ama deli de değilim. Zaten çok akıllı olsam bu hayata tahammül edemezdim. Biraz delilik iyidir.

Dükkândaki küçük taburemin üzerinde uyuyakalmışım. "Bakar mısınız?" diyen birinin sesiyle aniden uyandım.

– Buyurun.

– Bu kitabı alacağım, ne kadar?

– Dört lira.

– Şunlar ne kadar?

– Oradakilerin hepsi dörder lira...

– Üçünü alsam on lira olur mu abi?

– Olur abicim...

Kitap okumak isteyen gençlerin önünü bir şekilde açmalıydık. Öyle ki, birçok kez hiç para almadan bile kitap verdiğim oldu. Öğrencilere daha fazla yardımcı olmaya çalışıyordum. Okumaları beni mutlu ediyordu. Tüm bunlarla birlikte uyuyakalmaktan da içten içe rahatsız oluyordum. Son zamanlarda üzerime çöken bu halsizlik bana hepten huzursuzluk veriyordu.

Üçüncü Bölüm

Hayat anlardan ibaret...

Bir an varsın, bir an yoksun...

Ve hâlâ hayattayken...

Sevmediğim hastane kokusunda, kahverengi deri bir sedye üzerinde uyandım yeni ana... Başımda Osman Abi vardı ve bir şişe serum. İçimden benim burada ne işim var dedim. Aslında içimden dememişim...

– Burak fena korkuttun oğlum beni.

– Efendim abi?

– İyi misin oğlum, bir yerin acıyor mu?

– ...

Elimi istemsizce başımın arkasına götürdüm, sargı bazı ile çevrelenmişti başım, bir de file takmışlardı bezin üzerine... Son hatırladığım sözüm "Olur abicim" idi. Meğer o olaydan bir süre sonra bayılmışım. Neler olduğunu hatırlamıyorum. Osman Abi koşmuş yan dükkândan ve kafamı da çarptığımı görünce endişelenip hemen hastaneye getirmiş beni...

– Merhaba Burak Bey, nasılsınız?

– İyiyim doktor bey, siz?

– Şu an mühim olan sizsiniz, kendinizi nasıl hissediyorsunuz?

– İyi hissediyorum, sadece başım ağrıyor biraz.

– Bayılırken başınızı raflardan birine çarpmışsınız ve küçük çapta bir açılma olmuş, o yarayı birkaç dikişle kapattık. İlk defa mı bayılıyorsunuz?

– Evet ilk kez.

– Son zamanlarda yorgunluk, halsizlik, baş dönmesi gibi bir sorun yaşadınız mı?

– Zaman zaman halsizlik hissediyorum ama genel olarak iyiyim.

– Bu durumla ilgili birkaç tetkik yapacağız. Sizi bugün burada misafir edeceğiz.

– Üzeyir Amca roka, maydanoz ve limon istemişti. Hem Madam Eleni'nin de tansiyonu çıkabilir. Bana ihtiyaçları olabilir.

– Bunlarla bugün için Osman Bey ilgilenebilir belki...

Osman Abi'nin gözlerine baktığımda durumumdan gerçekten korktuğunu anlamıştım.

– Osman Abi sen kimseye bir şey söyleme. Ben işlemleri halleder gelirim.

– Tamam Burak, merak etme...

O gece hastanede kaldım. Ertesi gün gerekli tetkikler yapıldı ve doktorum Attilâ Bey haftaya sonuçları bana bildireceğini söyledi. İyiydim ben zaten. Küçük bir bayılmadan ne çıkabilirdi ki?...

Hastaneden bir taksiye binip ayrıldım ve doğru

dükkânın yolunu tuttum. Beyaz vespamı özlemiştim. İlk iş onun yanına gittim. Beni bekliyordu. Gece yağan yağmurdan çamur olmuştu. Otoparktaki çocuğa birkaç lira vererek motorumu temizlettim. Ardından Osman Abi'nin dükkânına geçtim.

– Burak ben alacaktım seni.

– Önemli bir şey yokmuş Osman Abi, yorgunluğa bağlı bir baygınlık hepsi bu. Bir serum her şeyi çözdü anlayacağın.

– Korkuttun bizi.

– Yok yok. İyiyim abi, çok şükür.

Bir diğer alışkanlığım da işte buydu. "Yok" demezdim, her defasında "yok yok" derdim. İkinci "yok" biraz daha uzun tabii... Bunu neden yaptığım konusunda bir fikrim yoktu. Gerçi yaptığım hiçbir şey hakkında mantıklı bir açıklamam yoktu. Tekrar dükkânıma döndüğümde masamın ikinci çekmecesinden birkaç karanfil aldım ve çiğnemeye başladım. Bu benim için bir alışkanlık değil de terapiydi sanki... Osman Abi'ye soracak olursanız normal bir adam değildim. Orijinal bir adamdım ve benden sonra böyle bir adam daha üretilmedi. Dünyada kaç insan karanfil çiğneyerek mutlu olabilir ki?... Ben oluyordum işte. Birkaç karanfil her şeyi unutturuyordu ve tüm olumsuzlukları silip atıyordu.

Dükkânı erken kapatıp çıktım. Motoruma atlayıp sessiz sakin bir deniz kenarına gittim. Düşünmeye başladım her zamanki gibi... Bir süt mısırı aldım, üzerine çok hafif tuz serpiştirdikten sonra yemeye başladım. Ne zaman mısır yesem, sevdiğim her şeyin bana sonunda bir uğraş çıkardığını anımsarım. Dişlerimin arasına kaçan mısır taneleri bunların canlı örneği olur hep...

Eylülün ilk günlerini karşılıyorduk İstanbul'da... Hava ne soğuk ne sıcaktı. Güzeldi diyebilirim ama tam bir şimdi ne giysem havasıydı. Üşüyordum. Üşüdüğümü hissetmek mutlu ediyordu çünkü üşüyorsanız hâlâ hayattasınızdır. En derin anlamları en düz cümlelerin taşıdığını Üzeyir Amca'dan öğrenmiştim. Düz cümleler üzerine insanlar uzun uzun düşünmezmiş. Onlar alengirli şeylerle uğraşırken, düz cümleler sayesinde hayatlarının çıkış yolunu bulacaklarının farkına bile varmazlarmış. Bunu öğrendiğim günden beri hep düz cümleler üzerinde düşündüm. Yormadan ama yorula yorula...

Biraz yosun kokusu değdi üzerime, babamı hatırladım çünkü ilk kez babamla yemiştim süt mısırını... Hem de cebindeki son parasıyla sadece bana aldığını bilmeden. “Ben sevmem” demişti koca adam. “Baba mısır sevilmez mi?” demiştim. “Oğlum...” diye karşılık vermişti. “Bu hayatta her şey sevilebilir ama sevdiğin her şeyin kalbinde bir sıralaması olur. Neyi neden çok sevdiğindir önemli olan. Yoksa mühim değildir bir şeyi bir şekilde sevmek... Ben seni bu mısırdan daha çok seviyorum. Seni mutlu etmeyi ise her şeyden çok.”

Şimdi düşünüyorum da, bu hayatta baba kadar değerli ne var ki? Her baba aynı değildir elbet ama her baba biraz da olsa evladını severdi. Benimki her şeyden çok sevecekti izin vermediler...

Denizin mavisi ile gökyüzünün mavisi arasında sıkışmıştım yine... Aklımdaki düşünceyi kendime bile söyleyemiyordum. Doktor pek iç açıcı bakmamıştı yüzüme belki de bana öyle gelmişti ama o bakışları iyi bilirim ben. Üzülerek baktı bana, neden şüphelendi acaba? Bir hafta beklemekten ve kimseye hiçbir şeyden söz etmemekten başka çarem yok.

Eve dönmenin iyi olacağını düşündüm. Yol üzerinde bir manavdan roka, maydanoz ve birkaç limon aldıktan sonra bir kırtasiyeye uğrayıp iki adet suluboya takımı ve birkaç da yeni fırça aldım. Bu akşam sadece resim yapmak istiyordum. Eve vardığımda motorumu merdivenin altına özenli bir şekilde yerleştirdim. Ağır ağır çıkmaya başladım merdivenleri...

Birinci kattaki Yalçın Bey çoktan kapatmıştı muayenehanesini... İçeriden gelen temizlik seslerine alışkındım. Her akşam saat sekizde başlardı. Önce ufak bir müzik sesi yükselir, daha sonra da iki saat boyunca süren süpürge ya da halı çırpma sesleri... İlk başlarda Yalçın Bey'in bu hareketini garipsemiştim ama Üzeyir Amca işin içyüzünü anlatınca çok hüzünlendim.

Meğer bundan on yıl önce Yalçın Bey çok güzel bir evlilik yapmış. Karısı sessiz bir kadınmış. İlk bir yıl boyunca apartmandaki kimsenin yüzüne bakmamış. Komşularıyla sohbetten kaçarmış. Herkes onun soğuk bir insan olduğunu düşünürmüş. Zaman geçtikçe değişmeyen bu durum ilk çocuklarını kaybetmeleriyle iyice kötüye gitmiş. Ağır bir depresyon geçiriyormuş Elif Hanım. Her gün Yalçın Bey'e evin kirliliğinden rahatsız olduğunu söylüyormuş. Adam da karısını mutlu edebilmek için en azından gözyaşları biraz daha dinsin diye her akşam işten döner evi temizlermiş. Bütün bunlara rağmen karısı iyileşmemiş. Kontrol edilemeyen ağlama krizleri artınca da kendi rızasıyla akıl hastanesine yatmayı kabul etmiş. Yalçın Bey bu durumdan kendini sorumlu tutmuş. Elif Hanım'la boşanmışlar ama onun boşluğuna bitmek bilmeyen bir temizlik hastalığı yerleşmiş. Yalçın Bey de tedavi görse de takıntıları hemen geçecek gibi görünmüyor...

İkinci kata geldiğimde yorulmuştum çünkü bizim apartmanın merdivenleri şimdilerde yapılan apartmanlarınki gibi değil. Her biri tam otuz beş basamak. İkinci kattaki kapıyı kırasım geldi ama yapmadım. Başlı başına servet ediyordu bu apartmandaki her bir daire. Bir insan neden uğramazdı ki?... Nihayet üçüncü kata gelmiştim. Üzeyir Amca'nın kapısını çalmama gerek kalmadı, yine merdiven boşluğunda sardığı sigaralarını tüttürüyordu.

– Bırak şu sigarayı artık Üzeyir Amca, bak öksüre öksüre bir hal oluyorsun...

– Burak oğlum güzel diyorsun da, bu zıkkımı bırakıp neye başlayayım?

– Sade sodaya başlayalım birlikte, yanında da karanfil çiğneriz olmaz mı?

– Olur olur da zamanı var.

– Peki Üzeyir Amca...

Üzeyir Amca'nın istediklerini bıraktıktan sonra kendi daireme doğru çıkmaya başladım. Üzeyir Amca sanki dün gece eve gelmişim gibi davranıyordu. Hiçbir şey sormadı. Bu benim için çok daha iyi oldu. Kendi daireme girmeden önce aldıklarımı kapımın önünde bırakıp, Madam Eleni'nin yanına çıktım. Dün de görememiştim belki bana ihtiyacı vardır diye. Yine içeriden müzik sesleri geliyordu. Bu seferki çok tanıdık bir şarkıydı. Merdivende oturup şarkının bitmesini bekledim...

"Her şey bitmiştir artık
Yolumuz ayrılıyor
Senin de benim gibi
İçerin kan ağlıyor...

Çok yalvardım bir zaman
Dinlemedin hiç beni
Gururumla oynadın
Artık affetmem seni...

Sakın çıkma karşıma
Dönemem sana artık
Ne güzel anlaşırken
Bu aşk da bitti yazık..."

Şarkı bittiğinde kapısını çalarak, "Madam Eleni" diye seslendim. Her zamankinin aksine kapıyı hemen açtı.

Burak...

– ...

– Nerelerdesin oğlum sen? Dün neredeydin?

– Küçük bir işim çıktı Madam Eleni, size de haber veremedim, merakta kaldınız kusura bakmayın.

– Her şey yolunda mı oğlum? Bir sorun yok değil mi?

– Yok yok... Ne sorun olabilir ki?... Bir isteğiniz var mı?

– Gel kahve içelim.

– Çok yorgunum Madam Eleni, duş yapıp yatacağım... Sabah kahvesini beraber içeriz...

– Peki oğlum...

Madam Eleni dünyanın en güzel tebessüm eden kadını olabilirdi. Yüzündeki masumiyet bana huzur veriyordu. Daireme indim ve hemen şınav çekmeye başladım ama yine çok çabuk yoruldum. Duş yapıp müzik dinlemeye karar verdim. Duştan çıktığımda odama geçtim. Evdeki dört odadan sadece birini kullanıyordum. Odaya geçtikten sonra beni en çok rahatlatan şarkıyı açtım. Dünyamı değiştiren, beni mutlu eden bu şarkıyı hiç sıkılmadan defalarca dinleyebilirdim. Vedat Sakman "Hazırım gelecek baharlara" derken, ben neye hazır olduğumu bilmeden huzur doluyordum ve bundan Sayın Sakman'ın haberi yoktu çünkü sanatçılar kimi mutlu ettiğini de, kimi üzdüğünü de, bilmezler...

"Yeni bir gün doğuyor dağlarıma
Yine arıyor özlüyorum hâlâ
Ayaktayım hazırım olacaklara
Hazırım yeniden baharlara...

Güneş aklımda mayısta gün gibi sıcak
Ateşle ateş buluşacak yanacak
Bahar kapımda aniden aşk gibi çocuk
Serin sabah rüzgârına kapılarım açık...

Yine göçler oluyor uzaklarda
Yeri geliyor ağlıyorum hâlâ
Bekliyorum hazırım olacaklara
Hazırım yağmura bulutlara...

Güneş aklımda mayısta gün gibi sıcak
Ateşle ateş buluşacak yanacak
Bahar kapımda aniden aşk gibi çocuk
Serin sabah rüzgârına kapılarım açık..."

Benim dünyam bu şarkı ile değişiyordu işte, yeniden hayat buluyordum. Önce dinliyordum. Sonra gitarımı elime alıp kendim söylemeye başlıyordum. Ardından biraz resim yapıyordum, biraz ben olurken, biraz da bir başınalığımla boğuşuyordum...

Başak'ın sesini duydum. "Burak sepetine bak" diyordu. Makaranın bulunduğu pencereyi yukarı kaldırıp kıskaçları altına yerleştirdim. Sepetin içindeki kestaneşekerleri çok güzel görünüyordu. Başak'a ve annesine teşekkür ederek, tekrar içeriye girdim. Kestaneşekerini çok sevmeme rağmen hayatımdan şekeri uzak tutmak için yemiyordum. Bu sefer yiyecektim hem de hepsini... Belki de yaşadığım son an bu andır. "Ölürsem de mutlu öleyim..." dedim ve bir kutu kestaneşekerini yedim. Hani kendinize yasakladığınız bir şeyi yaptığınızda kendinize kızarsınız ama ardından yine olsa yine yaparsınız ya, işte bu da öyle bir şeydi. Bir kutu daha olsa onu da yerdim.

Bu gece kurallarımdan birini yıkmış olarak uyuyacaktım. Bunun bana iyi geleceğini bilsem çok daha önceden yapardım. Tavana ve bir başınalığıma iyi geceler diledikten sonra gözlerimi yumdum. Geceye ve umuda...

Dördüncü Bölüm

Bazen hayatınıza bir el dokunur ve her şey değişir…

Her karar biraz zordur...

Bu sabah her zamankinden daha mutlu uyandım. Kurallarımdan birini yıkıp bir kutu kestaneşekerini yemeseydim bu kadar mutlu olur muydum bilmiyorum... Yüzümü bile yıkamadan şınav çekmeye başladım. Bu sefer öksürmedim hiç, çok daha iyi hissediyordum kendimi... Sabahın altısıydı henüz ve ben hiç bu saatlerde uyanmazdım. Bu bir ilk olsa da hoşuma gitti ve erken kalkmayı alışkanlık haline getirmeye karar verdim. Zaten bu saatlerde apartmandaki kimseye uğramazdım. Sırt çantamı alıp dışarı çıktım. Merdivenleri en sessiz ama en hızlı şekilde indim. Motoruma sadece baktım ama yerinden çıkarmadım. Sabahın altısında bir yürüyüş iyi gelecekti. Belki de güzel bir kahvaltı da ederdim, kim bilir...

Böyle bir şeyi en son dokuz yaşımda ilk bisikletim alındığında yapmıştım. Sabahın en erken saatinde uyanıp kimseyi uyandırmadan sokaklarda turlamaya başlamıştım. Çocukluk işte... Çocukluk büyüyünce özlediğiniz tek şey olabiliyor bazen. Şimdilerde hiç koşulsuz o günlere dönmek için sahip olduğum her şeyden vazgeçebilirdim. Bu da bir bakıma aşk sayılabilir.

Yürüyüşe öylesine dalmışım ki, kendimi bir süre sonra Kabataş vapur iskelesinde buldum. Bilinçsizce gelmiştim buraya ve ilk vapurun saati de tam on beş dakika sonraydı. İskelenin önündeki simitçiden dört simit aldım, çayımı vapurda alacaktım. Vapurun en arka bölümüne gittim ve denize karşı derin bir nefes aldım. İşte bu dünyadaki en güzel şeydi. Denizle gökyüzünü içinize aynı anda hiç çekmediyseniz bir parça da olsa eksik yaşıyorsunuz demektir. Vapur hiç kalabalık değildi. Zaten eylül ayının hiçbir özelliği olmayan bir haftasının en bağımsız gününde kim neden adaya gitsin ki?... Salı günleri bana her zaman eğreti gelmiştir. Ne haftanın başı ne de sonu... Ortası desek hiç değil. Salı bir başınadır hep. Bir gün olsan ne olurdun deseler, hiç düşünmeden salı derdim. Tabii şu an konumuz salıdan çok benim bu yaptıklarımdı... "Abi çay alır mısın?" diyen görevlinin sesiyle düşüncelerim son buldu.

– Alırım tabii, fincanda var mı?

– Yok abi, sadece bardakta var.

– Tamam, açık bir tane getirir misin bana?

– Hemen abi...

Açıkçası fincanda çay olmadığını biliyordum. Benimki sadece içimdeki bir başınalığı sohbete dökmekti. Birileriyle evet hiç tanımadığım birileriyle konuşmaktı... Ben anlatayım o dinlesin ya da o anlatsın ben dinleyeyim. Telefonlar çalmasın, muhabbete başkası karışmasın, gün gece olmasın ve vapur hep usul usul gitsin...

Çayım geldikten hemen sonra simit ve çay keyfime başladım, tabii bir de denizin olmazsa olmazları vardı yanımda... Onlar benim en güzel misafirimdi işte, martılar... Martılara olan sevgim, Richard Bach'ın *Martı* kitabını okuduktan sonra daha da artmıştı. Martı Jonathan Livingston. Belki bir gün ben de onun gibi olabilirdim. Aldığım dört simidin üçünü martılarla paylaştım ama gözlerini benim simidime dikmişlerdi... Sadece yarım simit yiyebildim.

Saat dokuz buçuk olmuştu ve ben Büyükada iskelesindeydim. Kimim vardı ki burada, neden buradayım diye düşünmeden edemedim. Birkaç kez Madam Eleni ile gelmiştim. Adanın sol yakasında küçük bir sahaf vardı. Eski kitaplar ve plaklar satan bir amca... Madam Eleni'nin çocukluk arkadaşı. Bir an onu ziyaret etmeyi düşündüm ancak iki yıl olmuştu onu kaybedeli ve dükkân da kapanmıştı çoktan...

Umarsızca düştüm yollara... Yürüdüm. Hava o kadar güzeldi ki, yürüdükçe yürüyesim geliyordu... Geçmek bilmeyen zaman sanki hızlanmıştı. Hayatımda her şey bu kadar yavaşken zaman neden bu kadar hızlı akmaya başlamıştı ki?... Ada bana iyi gelmişti, hayatımdaki tekdüzelikten kurtulmuştum ve kendimi mutlu hissediyordum. Bir süre kimseye haber vermeden burada kalmaya karar verdim. Adada biraz gezdikten sonra sessiz sakin bir butik otel bulup bir oda tuttum. Tüm odalar çift kişilikti ve ben hayatımda hiç çift kişilik yatakta yatmamıştım. Bu benim için bir ilk olacaktı. Odaya girdikten sonra kendimi sırtüstü yatağın üzerine bırakıp gözlerimi kapadım. O yorgunlukla uyumuşum...

Tam üç gün boyunca adanın altını üstüne getirdim.

Cuma günü olmuştu. Üç gündür aklıma bile gelmeyen telefonum açtığım anda çalmaya başladı... Arayan Doktor Attilâ Bey'in asistanıydı.

– Merhaba, Burak Ataman'la mı görüşüyorum?

– Buyurun benim...

– Burak Bey, Doktor Attilâ Bey sizinle görüşmek istiyor, size ulaşamayınca endişelendik... Müsait misiniz?

– Müsait olmaya çalışırım.

– Attilâ Bey akşam saat yediye kadar hastanede olacak, sizi bekliyoruz lütfen ihmal etmeyin. İyi günler dilerim.

– İyi günler...

Bu görüşmeye hiç hazır değildim ama görüşmede söyleyeceklerini de merak ediyordum. Zaten iyiydim ben, bir şeyim yoktu. İskeleye gidip vapur saatlerine baktım ve ilk vapurla İstanbul'a döndüm. Bu tatil çok kısa sürmüştü. Neyse ki, doktorumla görüştükten sonra tatile devam edecektim...

Saat dört civarında hastaneye gittim. Biraz bekledikten sonra görüşmemiz başladı.

– Hoş geldiniz Burak Bey.

– Hoş bulduk.

– Size ulaşamayınca endişelendik, nasılsınız?

– Çok şükür, siz?

– İyiyim ben de, teşekkür ederim.

– Buyurun o zaman.

– Üzülerek söylüyorum ancak tetkiklerin sonucu pek umduğumuz gibi değil...

– Ne umduğumuz konusunda bir fikrim yok...

– Kötü huylu bir ur vücudunuzu sarmak üzere...

– Nasıl yani?

– Bir an önce tedaviye başlamamız gerekiyor.

– Durumum nedir?

– Yenebileceğimiz ve birçok insanın bugüne kadar yendiği bir hastalığınız var, gerekli tedavilerle bunun üstesinden gelmeye çalışacağız.

– Gelecek miyiz yani?

– Gelmeye çalışacağız Burak Bey.

– Gelemezsek?

– Bunu düşünmeyelim şu an için.

– Ben daha âşık olmadım Attilâ Bey. Yirmi sekiz yaşındayım. Hayatımda hiçbir kadın bana, "Çocuklarımın babası sen ol istiyorum" demedi. Ben daha oğluma bisiklet, kızıma bebek almadım. Yirmi sekiz yıllık hayatımda bir gün olsun kendim için yaşamadım. Her şeyin üstesinden tek başıma geldim. Herkes için yaşarken hep kendimi unuttum. Şimdi gelmiş bana diyorsunuz ki, "Üstesinden gelmeye çalışacağız." Çalışmayalım o halde. Ben bu şekilde devam edebilirim.

– Edemezsiniz.

– Edeceğim. Etmezsem ne kadar yaşarım?

– En fazla iki yıl Burak Bey ama bu durumu hafife almayın. Bilirsiniz ki her şey kişiden kişiye değişir.

– Peki tedaviyi kabul edersem ne olur?

– Bunu tedavinin süreci belirler ama iyileşeceğinize inanıyorum.

– O zaman tedaviyi kabul etmiyorum.

– Burak Bey bunlar tıp etiğinin kuralları, bu tedaviyi kabul etmek durumundasınız.

– Hiçbir şeyi kabul etmiyorum. Bundan sonra herkes benim kurallarımı kabul edecek.

Hastaneden nasıl çıktığımı hatırlamıyorum. Aklım başımdan gitmişti. Yok yani mümkün değil. Niye ben ölüyorum hem? İnsan yirmi sekizinde ölür mü? Her şeyi bırak daha âşık olmadım ben, âşık...

Yaptığım iyi bir şey değildi, komik hiç değil. Belki de tedaviyi kabul etmeliydim. Bu zorlu süreci yaşamak istemiyordum. Yaşayabildiğim kadar daha yaşardım işte. Sonuçta herkes ölecekti. Şimdi ya da daha sonra...

Peki ben... ben ne zaman?...

Ne zaman olduğundan çok nasıl olduğu önemliydi benim için. Bu hayat böyle bir hastalık yüzünden mi bitecekti yani?... Bir anda hem de hiç hazır değilken... Saçlarım dökülür müydü? Ya kaşlarım? Eriyip gider miyim acaba?... Hayır hayır. Ölürsem de böyle yakışıklı öleyim. Ölmeyeyim. Niye ben ölüyorum ki? Daha sonra öleyim, daha yapacak çok işim var. Şimdi ya da sonra ne fark eder...

Peki şimdi mi öleceğim?

Her şeye bu kadar geç kalmışken, ölüme acele edilir miydi...

Beşinci Bölüm

İnsan bazı şeylere kendini hiçbir zaman hazır hissetmez.

Gökyüzü hep mavi...

Hayatımın belki de son günlerine giriyordum artık... Bu durumdan kimsenin haberi yoktu. Belki de haberleri olsa üzülürlerdi. Sahi üzülürler miydi acaba? Ben olmasam ne eksilirdi ki hayatlarından?...

Madam Eleni'nin tansiyonunu ölçecek biri elbet bulunurdu. Üzeyir Amca'ya roka, maydanoz ve limon alacak birini bulmak da zor olmazdı. Diş hekimi Yalçın Bey'in kitaplarını başka bir kitapçı getirirdi artık... Ve benim tüm kitaplarım Rauf Amca'ya kalırdı. İlk ölen diğerine bırakacaktı... Dükkân komşum Osman Abi, sürekli gelen Ceren'e, "Burak'ı kaybettik kızım..." derdi. O da sevecek başka birini bulurdu. Başak unutur muydu beni bilmiyorum ama o da unuturdu herhalde... Belki sürekli kaydettiğim kitapları dinlerdi belki de annesine okuturdu kitaplarını... Ya ben! Ben sadece öldüğümle kalırdım işte. Bu dünyaya hıçbir şey bırakmadan çeker giderdim. Varlığım bir hayal olurdu...

Ölüme yakınlık konusunda her zaman kararsız kalmışımdır. Kendine bir ömür süresi biçilen insan mı daha şanslıdır yoksa ne zaman öleceğini hiç bilmeyen bir insan mı? Ömür süreleri genellikle hastalığın evrelerine ve vücudun verdiği tepkilere bağlı kalınarak biçilir. Her şeyden vazgeçmiş bir vücuda sahip olduğumu düşünmüyorum ancak hastalığın evresi konusunda bu kadar iddialı olamıyorum. Geç kalmış olabilirim. Umursamadığım her şey gibi bu hastalık da beni sona biraz daha yaklaştırdı ve ben artık düşünmek istemiyorum...

Gökyüzü pembeye çalarken temiz havanın iyi geleceğini düşündüm. Kimsenin kimseyi anlamadığı bugünde, kaldırıma dokunmama ramak kala yürümeye başladım. Paçalarımın çamura batmasına ve yağmurdan sırılsıklam olmama aldırmadan adımlarımı hızlandırdım. Durakta şemsiyesi bozuk bir adam, telaşlı genç bir anne ve benim dışımda kimse yoktu. Herkes yağmurun şiddetinden şikâyetçi, otobüsün geç gelmesinden dolayı da kızgındı. Bu kadar heyecan niye diye düşündüm. Ne gerek vardı ki bunca aceleye?

Otobüse binmekten vazgeçip yürümeye başladım. Yaprakları sararmış ağaçlar bile benden daha neşeli görünüyorlardı. Köşede büfenin tentesinin altında saklanan köpeğin bana bakıp güldüğüne emindim. Hayat böyleydi işte... Tetkik sonuçlarının yazdığı kâğıtları hastaneden çıkarken gökyüzüne savurmam bugün yaptığım en havalı şeydi ama ben havalı olmak değil, yaşamak istiyordum, belki de ölmek...

Doktorun yüzündeki "Biz elimizden geleni yapacağız

ama sen yine de çok ümitlenme" ifadesini gören herkes benim gibi davranırdı. Sona yaklaşıyordum. Belki de yeni bir başlangıca...

Paltomun yakasını hafifçe yukarı kaldırdım ve soğuk rüzgârın enseme dolmasına izin vermedim. Adımlarımın çıkardığı sesi dinlemeyi hep severdim. Denize yakın yerden yürümeye devam ettim ve kafamda dolaşan bütün cümleleri sonradan değerlendirmek için ceplerime koydum.

Gözüme kestirdiğim boş banka doğru hızlı adımlarla yürüdüm. Yağmur dinmese de otururum diye geçirdim içimden. Benim için bundan sonra neyin önemi olabilirdi ki?

Yalnızlığımın başlamasına izin vermeyen bir ihtiyar yanıma oturdu. Üstü başı dökülüyordu. Grileşmiş saçları kir içindeydi... Ellerindeki yırtık eldivenler çok eski gözüküyordu. Anlaşılan bu adam üstünü değiştirmeyi pek sevmiyordu. Keskin kokusu istemsizce burnumu kaşımama sebep oldu.

Ellerimi bacaklarımın yanlarına koydum ve ayaklarımı çapraz şekilde bankın altına doğru kaydırdım. Cebimden çıkardığım birkaç tane karanfili emmeye başladım. Ne zaman memnuniyetsiz olsam bu hareketi yapardım. Birden yaşlı adam denize bakarak konuşmaya başladı.

– Benim gözümde üç kuruşluk insan ile beş kuruşluk insan arasında hiçbir fark yoktur. Sonuçta ikisinin de bir fiyatı vardır ve ben satılık bir insanın fiyatının az ya da çok olmasıyla ilgilenmem. Sen sen ol kendine asla bir fiyat biçme...

Duymazlıktan geldim ihtiyarı, zaten hiç çekecek halde değildim ama onun da susmaya niyeti yoktu, konuşmaya devam etti...

– Kimse bu dünyaya kalmaya gelmiyor ama herkes hiç gitmeyecekmiş gibi uğruna savaşıyor. Şimdi ya da daha sonra ne fark eder ki? Üç günlük dünyada dört günlük hesap yapılmaz.

Bu cümleleri duymazdan gelemedim. "Üç günlük dünyada dört günlük hesap yapılmaz." Bu hayat belki de bugün burada son bulmalıydı... Duyduğum en havalı cümle değildi bu ama zihnime bir seferde kazınmıştı işte.

Kurduğu cümlelerden çok etkilenmiştim ama yine de onunla konuşmadım. Hemen yanımda oturuyordu, bir ara sağ cebinden bir kitap çıkarıp bankın üzerine bıraktı. Ardından yavaşça doğruldu ve elini başına götürdü. Kirli saçlarını karıştırdıktan sonra usulca ayağa kalktı.

– Eskiden kasetler vardı bilir misin?

– Biliyorum evet ama bu nereden çıktı şimdi?

– Kasetlerden önce ise plaklar vardı. Sen o dönemleri yaşayamamış olabilirsin ama kasetleri bilmen de güzel. Şimdiki gençler onları da bilmiyor. Eskiden sevdiğim şarkıyı ikinci kez dinlemek için kaseti geri sarmam gerekiyordu. Bunun için de hayatımdan belli bir zaman dilimini feda ediyordun. Hayattaki en değerli şey zamandır çünkü geri dönüşü yoktur. Şimdi ise insanlar sevdikleri bir şarkıyı sonsuz kez hiç zaman kaybetmeden tekrarlayabiliyorlar.

– Bunları neden anlatıyorsunuz bana?

– Diyeceğim o ki; kaseti geriye sardırmak çok daha mutlu eder insanı bazen çünkü verdiği emeğin karşılığını sevdiği şarkıyı dinleyerek alacağını bilir. Hayat da biraz böyledir işte. Çok sevdiğin şeylere kavuşmak istediğinde mutlaka kavuşursun ama kavuştuğunda ortada o eski senden eser kalmaz. Anlayacağın hiçbirimiz neyin mücadelesini verdiğimizi bilmiyoruz, zaman geçerken biz de yolculuk sırasına konuyoruz. O yüzden kendini hiçbir şey için üzme. Hadi eyvallah evlat...

– Kitap?

– Ne olmuş kitaba?

– Kitabı unuttunuz.

– Unutmadım, artık o kitaba ihtiyacım yok.

– Buna nasıl karar verdiniz? Kitabınızı alın bence.

– O kitap sana hediyem olsun, bana da hediye edilmişti ve görevini yerine getirdi. Belki de sıra sendedir.

– Ne sırası?

Soruma cevap alamamıştım bu sefer. Ne sırasıydı şimdi bu? Bilmece gibi bir hayata tahammül edecek durumda değildim. İhtiyar gözden kaybolduktan sonra ben de yerimden kalkıp birkaç adım attım. O sırada yağmur şiddetlenmeye başladı. Bankın üzerinde bıraktığım kitabın ıslanmasına gönlüm razı olmadı. Gittim aldım ve rasgele bir sayfa çevirdim. Gözüme çarpan ilk cümle esaslı bir şekilde titrememe neden oldu. Sararmış o koskoca sayfada tek bir cümle yazıyordu:

"*Henüz erken.*"

Altıncı Bölüm

Hayat karşınıza her an yeni işaretler çıkarır. Gördükleriniz sizi büyütürken, görmezden geldikleriniz sonunuzu hazırlar.

Hepimiz her istediğimizi yapmakta özgürüz

ve her özgürlüğün bir bedeli vardır...

Erken diyordu kitap tamam erken ama ne için? Aklımı karıştıran bu kitaba nasıl da daha önce hiç rastlamamıştım? Bu kitap bitmeden ölemezdim. Akşamüzeri eve geldim. Hiç kimsenin kapısını çalmadan kendi daireme girdim, evde olduğum anlaşılmasın diye ışıkları dahi yakmadım. Çok geçmeden telefonum çaldı.

– İyi akşamlar, kiminle görüşüyorum.

– Burak Ataman ben buyurun.

– Buğra Ataman Bodrum yolunda motoruyla bir trafik kazası geçirdi, hayati bir tehlikesi yok. Rehberinde "canım abim" olarak kayıtlı olduğunuz için ilk sizi arayıp haber vermek istedik. Lütfen sakin olun, kardeşiniz hayatta. Yanında olursanız iyi olur çünkü burada kimsesi yok.

– Durumu nasıl, iyi mi? Doğru söyleyin lütfen...

İyi durumda, hayati bir tehlikesi yok...

Ailemden kalan tek şey Buğra'ydı. Benim küçük prensimdi o. Nasıl da unutmuşum ben kardeşimi, ne kötü bir abiyim ben. Bugün vazgeçiyordum her şeyden. Şimdi olmasaydım. Ya olmasaydım canım kardeşim benim...

Gözlerimden boşalan yaşları ve yaşadığım tarifsiz acıyı anlatamam. Ben ölsem ne olur ki?... Benim canım yansa ne olur? Benim asıl dayanamadığım şey işte bu. Sevdiklerime bir şey olmasıydı... Daha fazla duramazdım. Hıçkırıklar içinde çıktım evden. Gözlerim bir anda kan çanağı olmuştu. Kaybedemezdim Buğra'yı... Kapının önünde gördüğüm ilk taksiye binip havaalanına gittim.

O çok hızlı geçen zaman durmuştu işte. Saniyeler yerinden oynamıyordu. Bodrum'a ilk uçak 23.15'teydi ve daha tam bir saat vardı. O bir saat içinde gözlerimden boşalan yaşlar bugün yağan yağmurla ölümüne kapışabilirdi. Hayır kapışamazdı! Artık ölüm lafı yasaktı! Buğra için yaşayacaktım, Buğra da benim için...

Sabah üçe doğru hastaneye varmıştım. Buğra yoğun bakımdaydı ve durumu ağırdı. "Tek başına mıydı?" diye sordum. "Yanında bir kız vardı, onun durumu iyi" dediler... Buğra'dan başka bir şey düşünemedim... Yaşamalıydı, ikimiz için yaşamalıydı. Ben onun ölümünü göremezdim. Kitap haklıydı.

"Henüz erken."

O gece sabaha kadar dua ettim. Yoğun bakım sözünden hayatım boyunca nefret ettim. Bu yoğun bakım beni artık yenemezdi. Koridorda beklerken o kötü anı bir kez daha zihnimi bulandırdı... Buğra on iki yaşındaydı bense on dört. Babamın yönettiği maçı izlemeye gitmiştik. Bir penaltı düdüğü çalmıştı babam, tribünlerden binlerce küfür yağmıştı üzerine... Bir de önce sarı sonra kırmızı kartını çıkarınca iyice yuhalanmıştı ama dimdik duruyordu. Kulaklarını tıkamıştı. İlk defa babamı izliyorduk o gün...

Maç bitiminde üçümüz yürümeye başladık. Babamın sağ kolunun altında ben, sol kolunun altında Buğra vardı. İkimizin başını okşadı. "Birbirinize çok iyi bakın" dedi. Sonra bana döndü. "Buğra küçük bir hata bile yapsa ona kızma, onu koru kolla..."

Yokuş yukarı çıkıyorduk. Birden karşımıza bir holigan grubu çıktı. Babama saldırıp vurmaya başladılar. İçlerinden bazıları "Al sana penaltı!" diyerek sopalarla vuruyor, bazıları ise yere düşmüş olan babamı ayaklar altında tekmeliyordu. Ne Buğra ne ben bir şey yapabildik. Ağlamaktan helak olmuştuk ki, polis ve ardından ambulans yetişti...

Babam tam bir ay yoğun bakımda kaldı ve ardından bize veda etti. Bir penaltı uğruna, kendini bilmezlerin saldırısına uğramıştı. O gün futboldan nefret ettim. Tuttuğum takımın formasını çekyatın altına koydum. Elimizde sadece babamın hakem düdükleri ve kartları kalmıştı. O günleri hiç unutamadım...

Hastanede beklerken uyuyakalmışım, belki de bayıldım yine bilmiyorum. Yanıma bir adam geldi; içinde bir düdük, bir bileklik ve bir yüzük olan bir poşeti bana uzattı... "Bunlar ne ya!" diye bağırıp adama saldırdım. Babamın vefatında da böyle olmuştu, biri gelip eşyalarını avuçlarıma bırakmıştı ve babamı kaybetmiştik... En son

"Buğra!" diye bağırdığımı hatırlıyorum. Sabah uyandığımda bir sedye üzerinde yatıyordum.

Başucumda bir hemşire beni izliyordu...

– Kardeşiniz Buğra sizden önce uyandı...

Hemşirenin gülen yüzü içimi umutla kaplamıştı. Dünyalar benim olmuştu... Buğra yoğun bakımdan çıkmıştı ve onu normal odaya almışlardı. Odaya girdim ve biricik kardeşimi kokladım. O benim canımdı. Canım kardeşimdi.

Buğra'nın iyi olduğunu gördükten sonra doktoruyla görüşmek için odadan çıktım. Tam yürüyecekken oda sanki ayaklarımın altından kayar gibi oldu. Toparlandığımda alnımda terler birikmişti. Dudağımın üzerine ılık bir sıvı akmaya başlayınca burnumun kanadığını anladım. İçimden "Şimdi olmaz, olmamalı..." diye tekrar ettim.

Tam on beş gün boyunca hastanede kaldık ve beni hatırlamadı. Buğra hafızasını kaybetmişti ve artık tekerlekli sandalyeye mahkûm kalacaktı. Bu durum ondan çok beni düşündürüyordu. O hayat dolu çocuk sürekli suspus duruyordu ve adımı dahi hatırlamıyordu. Kendi derdimi unutmuştum, sadece onu düşünüyordum. Bütün gün hastanenin penceresinden dışarıyı izleyen kardeşimle iki yabancı gibiydik...

– Sana söz veriyorum Buğra, evimize dönüp tekrar hayata tutunacağız. Hiç canını sıkma kardeşim. Seni asla yalnız bırakmayacağım. Ne olur inan bana... Eskisi gibi olacağız.

İstanbul'a döndüğümüzde belki bir şeyler hatırlar diye düşündüm ama olmadı. Ne beni ne de etrafındaki herhangi birini hatırlıyordu. Artık sadece Buğra için yaşıyordum. Onu mutlu etmek için ben de yaşamalıydım. İstanbul'a döndüğümde tedavime başladım. Buna mecburdum çünkü "Henüz erken..." diyordu kitap ya da hayat.

Uzunca bir süre dükkânı açmadım ve kardeşim dışında kimseyle ilgilenmedim. Madam Eleni adeta annemiz gibi yanımızdan ayrılmıyordu. Üzeyir Amca ise salatayı hazırlayıp her akşam evimize misafir oluyordu. Mutluyduk. Ölüyordum haberleri yoktu... Hep birlikte şarkılar mırıldanıyorduk...

Gramofon hiç susmuyordu, tabii bizler de...

Bir ses yükseliyordu geceden...

"Bir ihtimal daha var, o da ölmek mi dersin?"

Diyemezdik, çünkü...

"Henüz erken."

Yedinci Bölüm

Kalbinizin yapacaklarından korkarsanız
asla aşkı tadamazsınız.

Korkma kalbim...

Bugün günlerden salı ve benim doğum günüm. Yine bir bankta bir başınalığımın yirmi dokuzuncu doğum günü-nü kutluyoruz. Buğra'nın geçirdiği kazanın ardından tam sekiz ay geçti. Beni hâlâ hatırlamasa da daha iyi gibi... Aradan geçen zamanda çok şey değişti. Tedavim olumlu sonuçlar vermeye başladı. Her ne kadar şınav çekerken öksürsem de, kendimi iyi hissediyorum. Vücudumu yormuyorum ve hâlâ başkaları için yaşamıyorum.

Kolumda oluşan büyük morluklar dışında her şey iyi gibi. Sebepsiz kanayan burnumu görmezden gelirsem aslında bu süreci iyi götürdüm diyebilirim. Sandığım gibi kaşlarım ya da kirpiklerim dökülmedi yalnızca biraz saçlarım seyreldi. Ben de anlaşılmasın diye iyice kısalttırdım. Etraftan olumlu tepkiler geldi. Hatta kestirdiğim ilk gün Buğra'nın bile hafifçe gülümsediğini gördüm.

Tekerlekli sandalyesinde onu gördükçe içimden bir şeyler kopuyor. İlk kavgalarımızı hatırladım. İstanbul'da benim yanımda olmasını istemiştim hep, Buğra'nın ise aklında hep gitmek, uzaklaşmak vardı. Onun hayallerinden habersizdim ve görmezden gelmiştim isteklerini. En sonunda Buğra tam dört sene önce alıp başını gitti üniversiteyi Muğla'da okumak için ama okumadı işte. Bir gece kulübünde gitar çalmış ve her anını doya doya yaşamış. Onunla yıllar sonra böyle karşılaşmayı hiç istemezdim. Keşke yine beni dinlemeseydi ama ayakları üzerinde durabilseydi...

Yalnızlığıma iyi gelen tek şey o gün tam her şeyden vazgeçmişken yanıma oturup bana bırakılan o kitap... Ne zaman başım sıkışsa içinden bir sayfa açıp okuyorum. Rasgele bir sayfa işte... Tam da şu anki gibi...

Bu küçük kitabın sayfaları arasından ilk açtığım sayfada şu yazıyordu:

"Bu sayfada gülümse."

Kendime bir şans daha verip rasgele bir sayfa daha açtım. Bu sefer açılan sayfa kalbimi ümitlendirmeye yetti...

"Sakın korkma, eninde sonunda kalbin hak ettiğine kavuşacak."

Güzel bir doğum günü olmuştu benim için... En güzel hediye şu sayfalardan kalbime dökülen cümlelerdi işte... Mutluydum belki de her şeyden ve herkesten daha fazla...

Sabahın erken saatlerinde dükkânı açtım. O an içime dolan kitap kokusu beni çok daha huzurlu kılmıştı. Artık Ceren uğramıyordu dükkâna... Osman Abi bir sevgilisi olduğundan bahsetti. Kalbimin en büyük adayı eksilmişti işte. Peki kimdi benim kalbimin sahibi? Ne zaman bulacaktı beni?

– İyi günler, *Varlık* dergisinin dokuz yüz on altıncı sayısını bulmam mümkün mü?

– Maalesef...

Arkamı döndüğümde "maalesef" dediğim o sesin sahibini gördüm ve kalbim yuvasından fırlayıp o an avuçlarına teslim oldu. Aşk mı? Aşk dedikleri bu muydu? Aklımın başımdan gitmesi, o gözlerin içinde hem deniz hem gökyüzünü görmem, saçlarının kokusunu o an hissetmem... Ben hiç böyle şeyler yaşamamıştım ki. Ben hiçbir zaman bir kadını böyle hissetmemiştim ki...

Beline doğru uzanan siyah düz saçları hafifçe hareket etse bile deniz gibi dalgalanıyordu. Ufacık burnu yüzüne kondurulmuş en dikkat çekici yerdi belki de. Üzerine aldığı pejmürde hırkası insanda şefkat uyandırıyordu. Kimdi bu kız? Daha önce gelmiş olsa yüzünü asla unutmazdım sanıyorum. O dudaklardan çıkacak iki kelime bana hayatı yeniden sevdirebilirdi...

Bir de utangaçlığım vardı tabii... Şimdi ne denirdi ki? Merhaba desem, kız cevap vermese haklı. Nasılsın desem, bana ne ki nasıl olduğundan?...

Dükkândan çoktan uzaklaşmıştı... Takıcıların önünden geçip caddeye doğru çıkacakken arkasından koştum ve yetiştim.

– Belki bulabiliriz.

– Anlamadım?

– Dergiyi sormuştunuz. Bulabiliriz...

– Gerçekten mi? Bu benim için çok önemli. Bulursanız çok memnun olurum.

– Bulduğumda size nasıl ulaşabilirim?

– Numaramı bırakayım size, bulduğunuzda arayın olur mu?

– Elbette... İsminiz?

– Ada.

– Ada?

– Evet.

– O zaman Ada diye kaydediyorum.

– O zaman sizden haber bekliyorum.

– En kısa zamanda arayacağım sizi.

– Bekleyeceğim, iyi günler...

Hayatımın en güzel gününün bir salı olabileceğini hiç düşünmezdim. Doğum günü hediyemdi ve kitap yanılıyor olamazdı. Kalbim hak ettiğine kavuşacaktı ama bunun için bir şeyler yapmam gerekiyordu. Osman Abi'den yardım isteyecektim. Birçok sahaf arkadaşı vardı ve bu dergiyi bulabilirdi. Bulmalıydı yoksa Ada'yı arayamazdım. İlk defa bir kızı aramak istiyorum ve hakkında hiçbir şey bilmiyorum. Ya sevgilisi varsa, ya evliyse?... Yok yok mümkün değil. Parmağında yüzük yoktu ve taş çatlasın yirmili yaşlarının başındaydı. Ada, aklıma bir çivi gibi kazınmıştı...

Zaman yine durmuştu, onu aramak için bir bahane lazımdı. Öğle yemeğinin ardından dayanamadım ve aradım.

– Merhaba Ada Hanım, Burak ben...

– Bu kadar çabuk bulacağınızı düşünmemiştim.

– Yok yok henüz bulamadım. Size ne zamana kadar lazım, bir ödev ya da proje mi?

– Hayır sadece babamın koleksiyonundan eksik olan tek sayı o ve ben tamamlamak istiyorum.

– Yarın müsait olur musunuz? Beraber birkaç sahaf gezebiliriz.

– Mümkün olabilir, siz tüm gün açık mısınız?

– Evet, gelirseniz beraber bakabileceğimiz birkaç yer var.

– Müsait olursam size uğrarım, şimdi kapatmam lazım.

– Peki.

– Hoşça kalın...

Akşam eve gittiğimde dünyanın en mutlu insanıydım. Madam Eleni ile Buğra yine şarkılar dinliyordu. Onları selamladıktan sonra odama geçip resim yapmaya başladım ve yine mavi boyam bitmişti... Çiğnediğim karanfil gözümün önüne Ada'yı getirmişti. Kalbim istemsizce onu çağırıyordu ve ben korkuyordum. Yarın onunla görüşecektik... Dünyanın en güzel gününe hazır olmalıydım. Nasıl bir adamı severdi bilmiyordum, tek bildiğim beni sevmeliydi. Evet bir şekilde beni sevmeliydi.

Madam Eleni evine çıktıktan sonra Buğra'ya duş yaptırdım. İkimiz için de zor olsa da bugün neşem her halimden belliydi. Buğra'ya bu durumu anlatmak istiyordum ama bazen yüzüme bile bakmıyordu. Sanki kendini tüm dünyaya kapatmış gibiydi. Ne yaşıyordu canım kardeşim, nelerle mücadele ediyordu kim bilir...

– Saçların ne kadar güzel Buğra. Küçükken hep saçlarını kıskanırdım biliyor musun?

– Neden ki?

– Çünkü dümdüzdü ve alnına çizgi halinde dökülürdü.

Güneşte altın sarısı gibi parlardı. Mahalledeki bütün kızlar gelip senin saçını okşardı.

– ...

– Buğra hâlâ beni hatırlamıyor musun abicim?

– Ufak tefek görüntüler gelip geçiyor zihnimden ama net bir şey yok. Sakın alınma tamam mı? Aşmaya çalışıyorum bunları.

– Hayır tabii ki de, ben ne dedim sana, her zaman yanındayım... İstersen sonsuza kadar hatırlama bizi ama sen benim kardeşimsin ve biz beraber iyi olacağız.

– Bilmiyorum. Hayatım ellerimden alındı. Artık hiçbir işe yaramam ben. Hiç umudum yok. Benden bir şey bekleme tamam mı? Hayatını yaşa, bırak beni kendime...

Buğra ne kadar bırak beni dese de bunu asla yapmazdım. Bir gün yine eskisi gibi aile olacağız, buna eminim...

Bütün gece uyuyamadım. Kalbim buna izin vermedi işte. Bazı durumlarda kendinize sözünüz geçmez. Yolu kalbiniz çizer ve bilmediğiniz bir yola, bir kalbe ya da bir aşka yelken açarsınız. Ben tam da korktuğum gibiyim bu gece. Ortada hiçbir şey yokken bir âşık gibi özlemeye başladım Ada'yı. O beni düşünmüş müdür acaba? Aklında bir parça da olsun kalmış mıyımdır? Geceden binlerce soru geçiyor, aklımdan o... Aramak istiyorum ama ne mümkün? Hiçbir şeyiniz olmayan bir kadına ne diyebilirsiniz ki gecenin bir yarısı?

İçimden bir ses, "Özledin..." der gibiydi. Ne kadar güzel duruyordu esmer teni. Dokunmanın da bir hevesi olurdu belki. Az makyaj yapan kadınlardan olduğu belliydi. Öyle doğal bir havası vardı ki bunca zaman nerede yaşamıştı? Hangi yollardan geçmişti de en son benim kapımı çalmıştı? Düşünüp durdukça uykum tamamen kaçtı.

Yarını beklemekten başka çarem yok. Buğra beni hatırlasa onunla konuşur akıl alırdım ama hâlâ tek bir anımızı bile hatırlamadı. Aynı evin içinde iki yabancı gibi yaşıyoruz. Tanışmak istiyorum kardeşimle ama bir türlü hatırlatamıyorum kendimi. Yatağının başucuna mavi kaskını koydum belki hatırlar ümidiyle ve televizyonun hemen yanına babamın düdüğünü ve kartlarını astım. Aradan geçen zamana rağmen hiçbir çağrışım yapmadı bunlar ve biz hâlâ aynıyız.

Eskiden benden bir şeyler isterdi. Şimdi bir şey istesin diye gözlerinin içine bakıyorum ama tek kelime dahi etmiyor. Acaba oyun mu yapıyor diye de düşünmedim değil ama o böyle bir oyun yapamaz ki... Anlattıklarımdan en az birkaç tanesine katıla katıla gülmesi gerekirken sanki ülkenin sorunlarını anlatmışım gibi yüzüme bakıyor. Kısalan ömrüme mi yoksa yerinden kalkamayan kardeşime mi üzülmeliyim? Üzülecek ne çok şey birikti. Başak'la bile ilgilenemiyorum artık. Bu gece sabaha kadar bir kitap okusam, sabah da onu Başak'a versem güne daha güzel başlarım diye düşündüm. Raftan hemen okumadığım kitaplardan birini seçtim ve kayda başladım. Nasıl olsa uyumayacaktım ve Başak da muhakkak özlemiştir sesimi diye düşündüm...

Ilk defa şiirler okuyacaktım Başak'a, belki şiirleri de severdi... Elimdeki kitap Ocak 1956'da basılmış bir şiir antolojisiydi. İlk şiir tam da benim gibiydi...

BAŞKA

1955 yılında
Yaşayanların hepsi!

Bakıyorum yüzlerinize
Dinliyorum sesinizi.

Şu dünya işte!... Baharı güzü.
Genci yaşlısı...

Başkaları var başka bir yerde
Bırakıp gideceğim hepinizi.

– Ziya Osman Saba

Hiçbir şeyi bırakmaya niyetim yoktu tabii ve biliyordum ki herkes bir gün herkesi bırakıp gidecekti. Gidenler hatırlanmayacak kadar eskidiğinde, kalanların gitme vakti gelecek ve ben gittiğim yerde seni bekleyeceğim. Kalbimin sahibi olan kadını...

Bütün şiirleri bir buçuk saat içinde seslendirdim ve odamın tavanını selamlayıp gecenin karanlığına gözlerimi yumdum...

Sekizinci Bölüm

Vapur denize, martılar gökyüzüne, güneş gülüşüne…
Ve sen en çok benim yanıma yakışırsın…

Bir ilkbahar sabahı...

Her zamankinden çok daha mutlu uyandım bu sabah. Yanımda olmayan ama aklımdan çıkmayan kadını özlemiş olarak hem de... Böyle kısa bir zamanda nasıl da tutulmuştum bilmiyorum ama güzel şeyler olacağını hissediyordum.

Buğra uyuyordu. İlk iş perdeleri açtım ve güneşin evimize doluşunu seyrettim, ardından güzel bir kahvaltı sofrası hazırladım. Buğra'yı uyandırıp camdan Başak'a seslendim...

– Günün mavi olsun Başak...

– Mavi günler Burak...

– Çok güzel görünüyorsun bugün.

– Teşekkür ederim Burak, sen de öyle... Benim için yeni bir kitap seslendirdin mi? Çok özledim.

– Evet... Çok güzel bir şiir kitabı okudum senin için. Akşam bunun üzerine konuşuruz, gönderiyorum.

– Çok iyisin Burak, seni seviyorum...

– Sen de çok iyisin Başak, mavi günler...

– Mavi günler...

Pencereden kafamı çevirip masaya baktığımda Buğra'nın çoktan kahvaltıya başlamış olduğunu gördüm. Başak'la konuştuklarımızı dikkatlice dinlediği gözlerinden belliydi... Belki de Başak'la arkadaş olabilirdi. Tüm gün evin içinde öylece oturuyordu. En azından pencereden birbirleriyle konuşup vakit geçirebilirlerdi. Buğra'ya Başak'tan bahsettiğimde yine cevap vermedi. Hiç konuşmuyordu ve eskiden nasıl bir yaşantısı olduğunu hâlâ hatırlamıyordu. Belki de hatırlamaması üzülmesini engelliyordu. Motorsuz ve gitarsız duramayan bir adam aylardır sessiz sakin oturuyordu.

– Başak doğuştan görme engelli. Dünyayı hiç tanımıyor.

– Üzüldüm...

– Ama öyle zeki bir kız ki anlatamam sana... Onunla bir sohbet etseniz dakikaların nasıl geçtiğini anlayamazsın.

– Hımmm...

– Babası gemici, iki üç ayda bir gelir. Annesi onu hiç yalnız bırakmaz.

– Ne güzel...

– Renk diye bir köpeği var. Cinsi golden.

– ...

– Bugün onu buraya çağıralım mı?

– Ben odama gidiyorum. Sen bilirsin...

Madam Eleni uyandığımızı duymuş olacak ki aşağıya indi. Buğra ile benden daha iyi anlaşıyorlardı. Benim yokluğumda bütün gün vakit geçiriyorlardı. Madam Eleni'nin yaptığı bu iyiliklerin karşılığını ödemem mümkün değildi. Doktorundan yemeğine her şeyiyle ilgileniyordu. O yaşlarda bir kadının bize bir anne şefkatiyle yaklaşması ve yalnız bırakmaması beni çok mutlu ediyordu. Buğra mutlu muydu bilemiyorum.

Saat on civarında en sevdiğim kıyafetlerimi giyip dışarı çıktım. Üzerimde geniş yakalı beyaz bir tişört, dar paça mavi bir kot ve timberland ayakkabılarım vardı. Bileğimdeki iki tane halat şeklindeki bilekliği de hiç çıkarmazdım. Birini hayatımın kadını için saklıyordum. Tabii boynumda takılı olan babamdan kalma hakem düdüğü de, tüm kıyafetlerimin eşsiz bir parçası olarak üzerimden ayrılmıyordu.

Motoruma atlayıp dükkâna gittim. Dükkânı açtığımda Osman Abi her zamanki gibi oradaydı

– Günaydın Burak, yüzünde güller açıyor oğlum...

– Günaydın abi, her zamanki gibiyim.

– Bana pek öyle gelmedi.

– Osman Abi bana bir dergi lazım...

– Ne dergisi?

– *Varlık* dergisinin dokuz yüz on altıncı sayısı...

– Hımmm... Bulabiliriz belki ama zaman alır.

– Abi bana hemen lazım. Nereden bulabilirim?

– Dün bir kız sordu bu dergiyi ama bulamayacağımı söyledim.

– Abi aynı kız bana da sordu.

– Bulamayız deseydin.

– Abi ne bileyim, buluruz diye düşündüm.

– Âşık mı oldun sen?

– Yok abi ne alakası var?

– Tam âşık adam tepkisi veriyorsun ama...

– Ne alakası var abi, ben yardımcı olmak istedim.

– Tamam bir şey demedim. Âşık olsaydın bulurduk.

– Biraz olmuş olabilirim abi...

– Âşık oldun sen Burak.

– Evet abi... Hatta o yüzden dün sana dergiyi sormak bile aklımdan çıkıp gitti.

Hayatımda ilk defa âşık olmuştum. Korkak kalbim bu sefer kendini uçurumlara bırakmaya karar vermişti. Sonrası bilinmeyen bir şeydir aşk ve hep korkutur beni... Nereye götüreceğini bilmediği bir trene biner miydi insan?... Binerdi. Kalbini dinlediğinde, nereye gideceğini bilmese de, o yolculuğa hayır diyemezdi...

– Ne zamana kadar lazım o dergi?

– Hemen gibi...

– Birkaç yeri arayacağım, gidip bakarsın.

– Ada'yla bakacağız abi.

– Ada kim?

– Ada aşk işte ama haberi yok.

– Hadi bakalım, ben bir araştırayım, haber vereceğim sana...

– Peki abi, bekliyorum.

Hayatımın en uzun bekleyişi başlamıştı işte... Bir de doktorun cevabını böyle beklemiştim, tedaviyi reddettiğim o gün. Her şeye veda edecekken Buğra sayesinde döndüğüm hayata bir aşkla mı devam edeceğim diye düşündüm. Hiç fena olmazdı bu çünkü kalbimin ritmi çoktan değişmişti ve ben kendimi hiç olmadığım kadar heyecanlı hissediyordum. Kafamda kurduğum binlerce olumsuz senaryoyu bir kenara bırakıp, sadece Ada'yı düşünmeye devam ettim.

Mayıs ayının eşsiz güzelliğinde, bahardan yaza geçmeyi bekleyen kuşlar gibi bekledim Ada'nın aramasını. Aramadı. Saatlerce bekledim ama aramadı. Osman Abi derginin Büyükada'daki sahaf arkadaşı Cahit'te olduğunu söyleyince dünyalar benim olmuştu ama Ada bir türlü aramıyordu. Akşamüzeri tam dükkânı kapatacağım sırada geldi. Arasın diye bekledim ama o geldi. Tam karşımda dikiliyordu işte. İlk defa dilimin tutulduğunu hissettim. Kırmızı bir saç bandı takmıştı siyah kadife saçlarına. Ağzının kenarı yukarı doğru kıvrılmıştı. Sanki sadece bana özel bir gülümseyişi vardı...

– Kusura bakmayın arayamadım. Bütün gün çok yoğundum ancak fırsat bulabildim.

– Hiç... hiç önemli değil Ada...

– Dergiyi bulabildiniz mi?

O sırada Osman Abi yan dükkândan bana doğru seslendi...

– Burak, oğlum, Cahit Abi'n Büyükada'da seni bekliyor, yarın sabah adadan ayrılacakmış ve birkaç ay boyunca yurtdışında olacakmış. İstersen hemen Kabataş'tan vapura binip dergiyi alın...

Ada ile ilk defa göz göze geldim o an. Ben hiçbir şey söyleyemeden, sanki düzgün bir cümle kuramayacağımı anlamış gibiydi...

– Hadi, gidelim hemen...

– Osman Abi dükkânı kapatırsın.

Ada'nın peşinden yürüyordum. Hayatım boyunca hep benim peşimden gelmişlerdi. Bu sefer sıra bendeydi sanırım. Bir kadının sizi istemesinden daha güzel bir şey varsa sizin o kadını onun sizi istediğinden daha çok istemenizdir.

Vapura bindiğimizde saat hayli geç olmuştu. Akşamın serinliği denizin kokusunu üzerimize kondurmuştu... Konuşmuyorduk ama konuşmamız lazımdı. Hiç tanımadığım bir kadınla yüzlerce insanın arasında iki yabancı gibi oturuyordum. Hayatım boyunca hiç sohbeti başlatan taraf olmadığım için kızdım kendime... Konuya nasıl girilirdi ki şimdi diye düşünüp durdum...

– Eee Burak Bey, adaya gidene kadar susacak mısınız?

– Yok yok, konuşabiliriz.

– Konuşalım o zaman.

– İki çay alsam mı?

– Açık olabilir mi benimki?

– Elbette...

İki çayı garsondan da isteyebilirdim ancak o zaman

düşünecek fırsatım olmazdı. Çayları alıp gelene kadar ne konuşacağımızı düşündüm. Okuduğum yüzlerce kitaba rağmen mantıklı tek bir cümle dahi gelmiyordu aklıma... Aşk bundan başka bir şey olamazdı ama âşık olduğumu da açık açık ortaya koyamazdım. Her zamanki gibi kendimden emin ve havalı olmalıydım. İçine düşecek değildim ama çoktan düşmüştüm bile ve o bunu anlayacak kadar zeki görünüyordu. Çayları alıp geldiğimde ilk sorusunu sordu.

– Eee düşündün mü ne konuşacağını?

– Açıkçası düşünmedim.

Bir cümleye açıkçası ile başlıyorsam eğer, durum kurduğum cümlenin hep tam aksi olur. Düşünmüştüm evet ne konuşacağımı düşünmüştüm ama bulamamıştım.

– Biraz kendinden bahset istersen...

– Adım Burak, yirmi dokuz yaşındayım. Resim yapmayı, karanfil çiğnemeyi, vespaları, denizi ve gökyüzünü severim. Kendime göre bir hayatım var. Tüm bunlarla birlikte hiç âşık olmadım. Küçük bir kitapçım var ve evle iş arasında mekik dokuyorum. Peki sen?

– Ben de Ada işte... Yirmi dört yaşındayım, tedirginim ve filleri severim. Eski kitapları da filler kadar severim, bir de çayın yanına simit alan adamları...

Sayısız kızla tanışmıştım ama kendini bu kadar etkileyici tanıtanına ilk kez rastlıyordum. Belki de bunların hepsi aşktandı... Filleri seviyordu, normal şartlar altında bundan bana neydi? Ancak âşıksanız ve âşık olduğunuz kız filleri seviyorsa, bir fil belgeseli bile çekmek isteyebilirsiniz... O sırada koltuklar arasında dolaşan simitçiyi görünce iki simit aldım, yemeye başladık.

– Demek filleri seviyorsun, ne güzel... Küçükken benim de mor bir filim vardı.

– O zaman sen de fillere karşı boş değilsin.

– En sevdiğim hayvan diyebilirim ama her ortamda dile getirmek istemiyorum çünkü benim için değerli olan şeyleri pek paylaşmam.

– Çok tatlı olduğunu söyleyen oldu mu hiç?

– Efendim?

– Yok bir şey, simidini diyorum yemiyorsan alabilirim.

– Tabii...

– Şaka yaptım şaka...

Sanırım karşılaştığım en doğal kadınla beraberdim. Sohbet bitmiyordu ve ben onu saatlerce dinlemekten asla sıkılmazdım ama adaya gelmiştik. Ne zaman geçmişti bir buçuk saat anlamamıştım bile... İner inmez sahaf Cahit Bey'in yolunu tuttuk.

Cahit Bey dükkânında bizi bekliyordu. Masanın üzerinde ise Ada'nın aradığı dergi duruyordu. Cahit Bey'e çok teşekkür ettikten sonra "Borcumuz ne kadar?" diye sorduğumda, "Biz Osman Abi'nle aramızda hallederiz" dedi. İyi akşamlar dileyerek dükkândan ayrıldık. Şimdi, önce iskeleye sonra İstanbul'a dönme vaktiydi. Rüya bitecekti. Bir daha görüşmek için tek bir bahane dahi kalmayacaktı. Kalbim korkmuştu ve her zamanki gibi dua etmeye başlamıştım.

"Allahım ne olur güzel bir şey olsun."

İskeleye vardığımızda son vapurun kalktığını öğrendik. O an fotoğrafımı çekseler dünyanın en mutlu karesini verebilirdim.

– Şimdi ne olacak?

– Ben de bilmiyorum Ada, yarın sabahı beklemekten başka bir yol yok gibi...

– Bekleyelim ama hava soğuyacak, nerede kalacağız?

– Bir yer bulacağım hemen...

Adanın içinde bir süre dolaştıktan sonra geçen sefer kaldığım butik otelin yolunu tuttuk. Resepsiyondaki çocukla çekinerek konuşmaya başladım.

– İyi akşamlar, biz iki ayrı oda istiyoruz.

– Üzgünüm, tek kişilik odalarımız dolu.

– Hiç mi odanız yok?

– Tek bir odamız var o da çift kişilik.

O an Ada gözleriyle "Olsun bari..." der gibi bakınca, "Tamam, tutuyoruz" dedim.

Her şey o kadar hızlı gelişiyordu ki, bu olanları evrenin "Çok zamanın kalmadı, aşkı tat sonra seni yanıma alacağım" mesajı olarak kabul ettim. Odada iki kişilik bir yatak ve Ada'nın rahatlıkla sığabileceği bir sofa vardı.

– Ben sofada yatarım

– Ben de yatabilirim, sen yatağa geç istersen.

– Yok Burak ben yatarım, sen sığmazsın. Boy bos maşallah...

– Televizyon izlesem biraz olur mu? Yoksa hemen uyuyacak mısın?

– Ben rahatsız olmam, izleyebilirsin.

– Tamam o zaman...

Aslında televizyon izlemek istemiyordum ama onun uyumasını da istemiyordum. Sofa hemen televizyonun altındaydı ve izlerken boynunun ağrıdığını düşünüyordum.

– Öyle boynun tutulur, istersen yatağın soluna geç daha rahat izlersin...

– Peki kay bakalım iyice sağa...

Yatağın en sağına doğru geçtim. En solunda ise o vardı. Ben onun sağında, o benim solumdaydı. İşte bir ömür bu şekilde kalabilirdim. Başroldeki erkek oyuncu tam da o an konuşmuştu.

"Aşk sensen eğer beni bir şekilde yeniden bulursun ama şimdi gitmem gerek..."

Adamın bu repliğine bozulmuştu Ada ve kendini tutamadı.

– Bütün erkekler aynı mı yahu? Aşkmışmış, bulurmuşmuş... Niye gidiyorsun be adam?

– Gitmesi gerekiyordur belki.

– Ben anlamam, seven adam gitmez.

– Bence de gitmemeli ama gitmesi gerekir bazen.

– Nasıl?

– Mecbur kalır işte, hiçbir şeyin içinden çıkamayacak kadar mecbur kalır ve gider.

– Severse gitmez.

– Peki.

– Ne peki?

– Gitmez.

– Evet.

Adama kızdı ve uyudu. Yanımda uyudu, ben o an bundan başka hiçbir şey düşünmedim. Usulca doğruldum ve televizyonu kapattım. Sonra yatağın en sağına geçip soluna dönmüş olan o güzel kadına bakıp, "Ben bu korkak kalbime rağmen sana âşık oldum" dedim. Duymadı, duysun istemedim. Zaten duyacak olsa söyleyemezdim. Sevdiklerime bir yenisini daha ekledim o gece ve adı Ada'ydı işte...

Dokuzuncu Bölüm

Bir şeyin güzel olması için doğru olması gerekmez.
Bazı yanlışlar da güzeldir.

Kalbe gelen misafir kapıyı çalmaz...

Aşka hazır uyandım bu sabah. Yanımdaki güzel kadının o uyku sersemi gülümsemesinin eşliğinde...

– Günaydın...

– Saat kaç Burak?

– On buçuğa geliyor.

– Burada mı uyumuşum ben?

– Evet. Ben de yatağın en ucunda.

– Kahvaltı edip dönelim istersen.

– Tamam, dergini unutma...

– Aldım bile...

Kahvaltı için sahilde bir yer ararken, Ada'nın ayağı taşa takıldı ve aniden koluma girdi. Ayağı burkulmuştu ve üzerine basmadan yürüyecekti. Kolumdaydı âşık olduğum kadın ama bizim bir adımız yoktu.

Sahilde güzel bir kahvaltı ettik. İkimiz de yumurta sevmiyorduk ama zeytine bayılmıştık.

– Hakkımda yanlış bir şey düşünmeni istemem Burak.

– Ne düşünebilirim ki?

– Ya şimdi dün gece aynı odada kaldık, bu beni basit biri yapmasın senin gözünde...

– Aklımın ucundan bile geçmedi.

– Güzel o zaman.

– Sensin güzel.

– Efendim?

– Hava çok güzel...

– Evet ya bu havada dönülür mü buradan?

– Kalalım istersen.

– Yok mümkün değil dönmem lazım.

– Dönelim madem...

Bana karşı bir şeyler hissettiğinden emindim ama bir isim bulamıyordum bakışlarına. Dergisini bulmuştum. Onu bir daha görecek miydim bilmiyordum... Soramıyordum da... Ben bir kitapçıydım. O da... sahi onun ne iş yaptığını bile bilmiyordum. Tam soracakken...

– Sen neden kitapçılık yapıyorsun?

– Ne yapayım?

– Ne okumuştun?

– Makine mühendisliği...

– Makine mühendisliği yapsana o zaman.

– Sevmiyorum. Peki sen çalışıyor musun?

– Evet, küçük bir yayınevindeyim.

– Ailen nerede?

– Ailem İzmir'de yaşıyor. Annem ve babam ayrı. Tek çocuğum ve memnun değilim. Senin ailen?

– Annemle babamı kaybettim, sadece erkek kardeşim var.

– Başın sağ olsun... Peki o zaman sana bir soru daha. Kitap mı satacaksın ömrün boyunca?

– İleriye yönelik büyük planlarım yok.

– Nasıl ya? Bir insanın nasıl planları olmaz?

– Belki plan yapacak kadar vaktim yoktur.

– Bunu bilemeyiz ama herkes plan yapmalı bence.

– Elbette ama çok uzun vadeli düşünmeye gerek yok. Babam hep "Şimdi sadece şu andır" derdi. Ona göre "az sonra" diye bir şey yoktu ve beni de öyle yetiştirdi. Ben şimdiyi bile doyasıya yaşayamazken daha sonrası için neden plan yapayım?

– Ne desem bilemedim?

– Bir şey söylemek zorunda değilsin.

– Susayım mı?

– Susmanı istemem ama bir şey söylemek zorunda olduğun için de konuşma benimle.

– Konuşmak istiyorum seninle...

– Ne zamana kadar?

– Bunu düşünmedim

Bunun üzerine düşünmeli hatta planlar yapmalıyız.

Uzun vadeli planlara karşı değil miydiniz siz paşam?

– İçinde sen olan bir planın uzun ya da kısa olmasıyla ilgilenmiyorum.

– O zaman...

– O zaman ben âşık oldum sana.

Nasıl olduysa bir anda çıkmıştı işte ağzımdan... Âşık olmak bu kadar kolay mıydı bilmiyorum ama Ada'nın gözlerinde âşık olduğum denizle gökyüzünün dansını görüyordum. Eli önünde duran çay bardağına çarptı. Rahatsız olmuştu belki de... Yüzüme bakmadı, gözlerini kaçırarak, "Kalkalım mı?" dedi.

– Peki...

Yürümeye başladık. Ada koluma girmişti tabii ama tek bir farkla... Artık ona âşık olduğumu bilerek atıyordu adımlarını... Belki de duygularım sahte gelmişti ona. Her kadına söylenen havalı cümlelerden sandı. Oysa ben havalı cümleler bilmezdim. Sadece sevmeyi bilirdim, şimdi ise aşkı öğrenmiştim. Aşk bir beklentiydi ve ben beklentilerin üzdüğünü çok iyi biliyordum. Konuşsam anlamayacak, tekrar konuyu açsam benden soğuyacak. Sustum. Hiçbir şey söylenmemiş gibi, dün gece birlikte uyumamışız gibi ve az sonra ölecekmişim gibi sustum. Ada'nın yanındayken doktorum Attilâ Bey aradı ama açmadım. İstanbul'a döndüğümde ilk işim hastaneye gitmek olacaktı. Belki de ölecektim hem de bu kadar âşıkken... Ada'nın bilmesi gerekir miydi bu durumu diye düşündüm. Bir gün beni severse söylerim dedim kendi kendime... Mırıldanışlarımı sezmiş olacak ki kendimle ettiğim sohbetin arasına girdi...

– İlk defa geliyorum bu adaya, gerçekten çok güzelmiş. İnsan bir parça da olsa İstanbul'dan uzaklaşınca kendini çok daha huzurlu ve rahat hissediyor. Zaten İstanbul'da ağaç kalmadı pek... Artık yeni yerim burası olur benim.

– Bence de buraya sık sık uğramalısın. Ben arada kaçar

gelirim. Her şeyden ve herkesten uzaklaştığımda en iyi dostum bu ada olur işte. Hiçbir yere ait değildir adalar. Denizle çevrelenmiş yalnızlıkları ve bağımsızlıkları vardır ve bu benim ruhuma iyi gelir.

– Yine çok güzel konuştun.

– Bazen evet...

– Aaa... Bak şurada ne var... Hadi beraber bir fotoğraf çektirelim, anımız olsun.

– Çok mutlu olurum.

Denizi arkamıza aldık ve Ada ile fotoğrafı çekecek olan amcaya gülümsemeye başladık. İnsanın hiç tanımadığı bir amcaya bakarak gülümsemesi bir hayli zor. Fotoğraf çekilmeden hemen önce Ada'nın kolundan çıkıp, fotoğrafçı amcanın kulağına bir şey söyleyip geldim ve fotoğrafımız o şekilde çekildi...

– Ne söyledin Burak?

Kime?

– Fotoğrafçıya...

– Arkamızda sadece deniz ve gökyüzü olsun dedim.

– Kuşlar?

– Evet bir de kuşlar işte...

– Tamam...

Bu ilk fotoğrafımızdı ve Ada bu fotoğrafın kendisinde kalmasını istemişti. Onu kıramamıştım ama bende kalmasını da çok istiyordum. Yine de Ada'da kalmasına razı olmuştum.

Vapur yaklaşıyordu iskeleye ve İstanbul'a dönme vakti gelmişti... Hava rüzgârlıydı, o yüzden içeriye oturduk.

Çaylarımızı söyledik ve denizi izlemeye başladık. O sırada yaşlı adamın bana verdiği kitabı cebimden çıkarıp bir sayfa sayısı söylemesini istedim.

– Söylemem...

– Neden?

– Ver ben içinden bir şey okuyayım sana gelsin.

– Al bakalım...

"O *kadar*
gülüş
arasından
seninkini
seçmişim.
Bence
bu
davranışım
ödüllendirilmeli..."

– Şimdi sıra sende.

– Ver bakalım.

"*Sevebildiğin*
kadar
sev
hayat
kısa..."

– Şimdi son bir sayfa seçeceğim. İkimiz için...

– İkimiz?

– Bizim için işte Ada.

– Çok merak ettim seç hadi.

"Hiçbir şey sonsuza dek sürmüyor."

O an birbirimizin yüzüne birkaç saniye baktık ve hemen gözlerimizi denize doğru çevirdik. Gerçekten bu da mı sonsuza dek sürmeyecekti? İkimiz de bilmiyorduk ama bilmeyi de istiyorduk. Sustuk. Her başlangıcın bir sonu vardı ama ben onunla sonsuz olmak istiyordum.

– Sanırım çaylarımızdan bahsediyor?

– Nasıl yani?

– "Hiçbir şey sonsuza dek sürmüyor" derken... Çaylar bitti bile bak...

– Birer çay daha o zaman.

– Açık olsun benimki...

– Açık ve tek şeker.

– Ezberlemişsin paşam.

– Ezberlettiniz...

Dünyanın en uzun konuşmalarını yapabilirdim onunla. En uzun susmalarını da... Yan yana olmalıydık biz. Hatta bir ömür bu vapurda kalmalıydık lakin iskele yaklaşıyordu ya da biz iskeleye işte... Ayrılık vakti geliyordu...

– İşte bunu hiç sevmiyorum!

– Neyi?

– Bu ayrılıkları...

– Kavuşmalar için ayrılıklara ihtiyaç duymaz mıyız?

– Orası öyle ama ben... benim ayrılacak kadar vaktim yok.

– O ne demek öyle?

– Hep yanımda olsan bile yetmeyecek gibi işte. Nasıl anlatılır ki bu?

– Bazı şeylerin anlatılamadığını kendimden biliyorum. Zaman zaman benim de anlatamadığım şeyler olur ama anlatamasam bile içten içe bir huzur duyarım.

– Neden huzur duyarsın ki?

– Anlatamamak da güzel şeydir Burak. Kelimelerin diline dolanması, söyleyeceklerini unutman, cümle kuramaman ve daha nicesi...

– O zaman anlatmak için çabalamayacağım. Seni bir daha ne zaman görebilirim?

– Ne zaman istersen...

– Gerçekten mi?

– Evet.

Bir evet sözünün beni bu kadar mutlu edebileceğini hiç düşünmemiştim. Ben o gün bunu öğrendim...

Hiç ayrılmayacakmışız gibi çek...

Onuncu Bölüm

Tam da burada bir şiir olmalıydı.
Lakin o şiir sayfaların arasına değil de
Sevdiğim kadının gülüşüne saklanmayı seçti.

Gülüşünden kalbime düşen bir şarkısın sen...

"Mutluysanız hayat daha güzeldir." Bu cümleyi bu sabah uyandığımda duvarıma yazdım ve ardından hemen sildim. Buğra odama girip bu cümleyi görürse mutsuz olabilir diye düşündüm. Hayattaki en değerli varlığımdı kardeşim. Şimdi bir de Ada vardı. Hiç, bir kadını kuşatmak istediniz mi? İşte ben bunu ilk defa istiyordum.

Madam Eleni dün gece Buğra ile kalmıştı, ben de Ada ile... Bir ömür yanında kalmak istediğim kadının bir gece de olsa yanımda uyumuş olması ruhumu doyurmuştu. Hastalığımı unutmuştum ve hâlâ hayattaydım. Biten hiçbir şey yoktu ve her şey daha güzel olma yolunda ilerliyordu.

Hayatımdaki her şeyi silmesem de bir kısmını silmiştim. Ada, hayatımın her karesinde o olsun istiyordum ve böyle bir şeyin mümkün olmadığını doktorum sık sık hatırlatıyordu, tıpkı bu sabahki gibi...

– Tedavilerimiz her ne kadar olumlu gitse de, kendinizi yormamalısınız Burak Bey.

– Çok standart bir hayata sahibim ve söylediklerinizin dışına çıkmıyorum...

– Yine de ben küçük bir uyarıda bulunmak istedim. Daha dikkatli olalım.

– Elbette doktor bey, daha dikkatli olmalıyım, bunun farkındayım. Artık kalbime iyi gelen bir şeyler var.

– Ne gibi, yoksa siz âşık mı oldunuz?

– Aşkın tam olarak ne olduğunu bilmiyorum ancak kalbimin bir Ada'ya ihtiyaç duyduğu kesin.

– Nasıl yani?

– Şöyle ki kızın adı Ada... Yirmi dört yaşında, tedirgin, filleri seviyor ve bir yayınevinde çocuk kitapları için çizimler yapıyor. Elbette ki âşık olmak için beklediğim şeyler bunlar değildi ancak kalbimi çevreleyen bu kadına rastlamak beni bir hayli mutlu etti. O yüzden önümüzdeki senelerde ölmeyi düşünmüyorum. Bunun için birlikte bir şeyler yapabilirsek çok memnun olurum. Eğer ölecek olursam da, ne kendimi ne sizi suçlayabilirim. Böyle durumlarda suçu hep kaderin üzerine atmışımdır.

– Kaderin üzerine suç atmak zorunda kalmamak isterim.

– Ben de... Bir şey yemeden gelin demiştiniz. Yine tahliller mi var?

– Yok onun için dememiştim. Beraber kahvaltı ederiz diye düşündüm.

– Böyle doktor mu olur yahu?

– Bütün hayatı tahlil yaparak geçiremeyiz değil mi? Hadi kahvaltıya geçelim...

– Ben şimdi gerçekten bunun için mi aç geldim?

– Hiçbir şey yokmuş gibi yaşıyoruz bugünü...

– O kadar hastanız var, neden kahvaltınızı benimle ediyorsunuz Attilâ Bey? Bu neyin ödülü?

– İsmimi doğru söyleyen tek hastam sizsiniz Burak Bey.

– Attilâ İlhan'dan almışsınız isminizi, şimdi yanlış söylesem okuduğum şiirleri taşa tutar beni...

– Evet babam hep edebiyat okumamı istedi ama ben doktor oldum çünkü hiç yazmayı beceremedim.

– Böylesi iyi olmuş bence Attilâ Bey, şair ruhlu bir doktorumuz olmuş işte daha ne olsun? Bu kahvaltıyı Attilâ İlhan'a ithaf ediyoruz o zaman...

– Memnuniyetle...

Attilâ Bey'in bu davranışı beni olağan doktor hasta ilişkisinin çok dışına çıkarmıştı. Böyle bir davranış kendimi çok daha iyi hissetmemi sağladı... Kahvaltının ardından sahilde biraz yürüyüş yaptım. Kulağımda en sevdiğim şarkı vardı ve "Hazırım gelecek baharlara" diyordu...

Gerçekten hazır olup olmadığım bir baharı iple çekiyordum. Denizden gelen yosun kokusunun eşliğinde Ada'yı aradım. Açmadı. Muhtemelen bir işi vardı. Aradan yarım saat geçti, telefonum çalıyordu ve arayan oydu.

– Burak beni aramışsın.

– Sesini duymak istedim.

– Çalışıyordum, görmemişim.

– Olsun, muhim değil. Akşam kaçta çıkıyorsun?

– Altı gibi çıkarım.

– Dükkâna gelsene...

– Kumpir ısmarlarsan gelirim.

– Tamamdır bekliyorum.

– Anlaştık.

Bazen her şey çok yolunda gider. Hani illa bir aksilik olması gerekir yani aslında gerekmez ama olur mutlaka. Bugün ne olabilir acaba dedim kendi kendime. Bir şey bulamadım...

Buğra aklıma geldi. Bütün gün evin içinde sıkılıyordu çocuk. Bugün o da denizin bu muhteşem havasını almalıydı diye düşündüm. Doğru eve gidip, Buğra'yı sırtladığım gibi aşağıya indirdim. Onun için iki tane tekerlekli sandalye almıştım. Biri merdiven altındaki vespamın yanında, diğeri ise evde...

Buğra'yı sandalyesine oturttum ve yola çıktık. O sırada Başak da sokaktaydı köpeğiyle... Bize eşlik etmesi isteğimi kabul edince hep beraber sahile indik. Bu durumu ne kadar basit anlatsam da, hiç basit değildi. Başak'a ve Buğra'ya sahip çıkmam gerekiyordu ve İstanbul sokakları tüm engelli insanlar için tam bir çileye dönüşüyordu. Buna rağmen bize göre her şey yolundaydı.

Çok güzel bir dörtlü olmuştuk. Buğra yürüyemiyordu, tabii şu an için bu durum böyleydi, fizik tedavileri iyi gidiyordu ve yürüyecekti. Başak ise görmüyordu ama mutsuz da değildi. Bana gelince hem yürüyebiliyordum hem görebiliyordum ama hepsinden daha az ömrüm kaldığını da hiç kimseye söyleyemiyordum. Hangimizin daha şanslı olduğu konusunda hiçbir fikrim yoktu. Belki de en şanslımız Başak'ın köpeği Renk'ti...

İnsan hep mi kendinde eksik olan bir şeyleri arardı etrafında... Başak, Renk koymuştu köpeğinin adını ve onunla mutlu oluyordu. Düşününce daha güzel bir isim bulunamazdı zaten...

Ortaköy sahilinde Başak, Buğra ve ben süt mısırı yiyorduk. Sevdiğim şeyleri, sevdiklerimle paylaşmayı daha çok seviyordum. Buğra hâlâ bir şey hatırlamıyordu, Başak hâlâ gülümsüyordu ve ben hâlâ âşıktım... Süt mısırının üzerine birer orta Türk kahvesi içtik... Öyle ki Başak bana fal bile baktı. Görmeyen bir insan nasıl fal bakar diye düşünmeyin. Başak çok iyi hislere sahip bir insandır.

– Burak aşk var burada.

– Nasıl ya?

– Âşık mı oldun sen?

– Yooo, ne ilgisi var?

– Olmadıysan bile olacaksın.

– Sanmıyorum Başak...

– Dikkat et ama kendine üzmesinler seni...

– Üzecekler mi? O da çıkıyor mu?

– Hayır seni kimse üzmek istemez ama bazen olaylar o şekilde gelişebilir.

– Ne yapmalıyım peki? Bir önerin var mı?

– Sen neden bu falla bu kadar ilgilendin ki şimdi? Eskiden de bakardım ama umursamazdın. Kesin bir şey var sende...

– Yok yok...

– İyi bakalım dediğin gibi olsun ama bak bu kız seni çok sevecek. Resmen çıkmış fincanın dibinde...

– Hepsi bu fincanın içinde mi şimdi?

– Hepsi senin kalbinde. Ben senin kalbini okuyorum. Kalbin kadar temiz bir sevgilin olsun güzel adam.

– İnşallah Başak.

Saat dört olmuştu... Buğra'yı ve Başak'ı eve bırakıp tekrar sahile indim. Ada beni dükkânın önünde oturmuş bekliyordu. Onu uzaktan görünce hemen kumpirleri alıp yanına gittim.

– Gelmeseydin gidiyordum Burak.

– Kumpirleri bekledim Ada, hoş geldin.

– Hadi yiyelim o zaman çok acıktım, mis gibi kokuyor...

– Afiyet olsun...

Ada'yı yemek yerken saatlerce izleyebilirdim. Minik dudaklarının kenarında biriken ketçap izlerinden bile rahatsız olmuyordum. Her şey o kadar güzeldi ki, hiçbir şeyin bunu bozmasını istemiyordum. Kumpirler bitince yetiştirmesi gereken çizimler olduğunu söyleyip yanımdan ayrıldı. Ben de onun ardından dükkânı kapatıp eve geçtim...

O akşam Buğra ile şarkılar söyledik. Daha doğrusu ben söyledim, o dinledi... Bir şeyler hatırlaması için her şeyi deniyordum ama olmuyordu. Madam Eleni yapabileceği bir şey olup olmadığını sordu. Maddi manevi yanımda olduğunu bildiğim iki insandan biriydi... Diğeri de Üzeyir Amca'ydı. İkisi de hem beni hem Buğra'yı öz evlatları gibi seviyorlardı. Madam Eleni ciddi bir servete sahipti ve parasını harcadığı hiçbir yer yoktu. Buğra'nın iyi olması için tüm tedavi masraflarını karşılayabilirdi. Sanki çaresizliğim içine doğmuştu. Son zamanlarda para yetiştiremiyordum ama yine de çok şükür seviyesinde yaşamımı devam ettirebiliyordum. Hastalığımdan haberi olsa Madam Eleni beni dışarı dahi çıkarmazdı ama ben onları üzmek istemiyordum. Böyle bir çıkmazın içinde yaşantım devam ediyordu.

Gece saat bir buçuk gibi Ada aradı.

– Uyuyor muydun?

– Hayır.

– Burak ben seni seviyorum.

– Ne?

– Seni seviyorum.

– Uykun mu var Ada?

– Hayır. Ne kadar senden gizlemeye çalışsam da olmadı. Ben aşk defterini kapatalı çok olmuştu ama seninle yeniden açıldı o defter. Şimdi ise ne yapmam gerektiğini bilmiyorum. Bildiğim tek şey seni seviyorum. Sen ne duşunuyorsun?

– Ben de.

– Ne sen de?

– Ben de seni seviyorum.

O gece sabah beş buçuk civarında hâlâ telefondaydık ve ben hayatımın ilk "Hayır aşkım sen kapat" cümlesini kuruyordum. O telefon nasıl kapandı, ben nasıl uyudum bilmiyorum... Tek bildiğim onunla olmak her şeye yetiyordu...

On Birinci Bölüm

Hayaller kesinlikle gerçeklere benzemez.
Hayalini kurduğun her şey kusursuzdur
ancak gerçeklerin hayallerde görülmeyen kusurları vardır.

Hiçbir gerçek, hayal ettiğinden daha güzel değildir...

Mutlulukların çok da uzun sürmediğini anlamam fazla zaman almadı. Saat on gibi yine telefonum çaldı, heyecanla elimi yastığın altına uzattım ama bu sefer arayan Ada değil, doktorum Attilâ Bey'di... Meşgule verebilirdim ama veremedim.

– Burak Bey günaydın.

– Günaydın...

– Bugün sizi misafir etmem mümkün mü? Biraz konuşalım...

– Tabii, evden çıkıp ilk iş yanınıza geleceğim.

– Peki o halde görüşmek üzere...

Attilâ'nın günaydın diyen sesiyle uyanmak istemiyordum ki ben. Ada aramalıydı. Bunları düşünecek vakit yoktu. Eğer doktorunuz görüşmeyi telefonda değil de yüz yüze yapmak istiyorsa yolunda gitmeyen bir şeyler var demektir. Bunu bu uzun tedavi sürecinde öğrendim. Buğra'nın kahvaltısını hazırlayıp evden çıktım. Hayallere öyle kapılmıştım ki, gerçeklere tahammülüm yoktu artık. Hiçbir gerçeği istemiyordum ama hayallerle de yaşanmıyordu. Yaşanması mümkün olacakken araya hep gerçekler giriyordu. Şu kahrolası gerçekler işte... Motoruma atladım ve yola koyuldum. Hastaneye geldiğimde yine telefonum çalıyordu ve arayan bu sefer Ada'ydı. Hayatımın kadını...

– Efendim hayatımın kadını...

– Burak? Ben miyim o?

– Doktorum Attilâ Bey olacak hali yok.

– Doktorun mu?

– Beni sünnet eden doktor... Hiç unutamıyorum adını ama konumuz o değil sensin.

– Bugün ne yapacaksın?

– Birazdan dükkâna geçeceğim, sen?

– Ben de ofisteyim, çizim yapıyorum. Akşam bana gelir misin?

– Sana mı?

– Evet, yeni filmler aldım izler miyiz beraber?

– Tabii ki... Haberleşiriz o zaman, ararım ben seni...

– Tamam ara sen beni, öptüm.

– Ben de öpüyorum...

Bir kadını öpme hissini hiç bu kadar derin hissetmemiştim. Telefonu öpmekten karşımdan geçen teyzenin bana "Deli mi bu çocuk?" der gibi bakışlarını görünce vazgeçtim. Deli değildim ama âşıktım. Biraz hasta, biraz âşık...

Hızlı adımlarla doktorum Attilâ Bey'in odasına geçtim. Asistanı yanında bir hastası olduğunu söyleyince biraz beklemek zorunda kaldım. On beş dakika bekledikten sonra görüşmemiz başladı.

– Artık sizli bizli konuşmaları bırakacağım Burak çünkü hiç içimden gelmiyor. Nasıl hissediyorsun kendini?

– Çok iyiyim.

– Gerçekten bu kadar iyi misin?

– Yani, iyiyim gayet...

– Elimdeki sonuçlar seni onaylamıyor ama...

– Ne diyorlar?

– Yorulmuşsun biraz. Uyguladığımız yöntemler yeterli gelmemiş. Bundan sonra seni daha yoğun bir tedavi süreci bekliyor.

– Şu aralar mümkün değil bu.

– Ne demek mümkün değil? Hayatından daha önemli ne olabilir?

– Elbette bir şey yok ama yoğun bir tedavi temposunu kaldıramayabilirim.

– Bu şekilde devam edemeyiz. Dediklerimi yapmak durumundayız.

– Ne mesela?

– Hastaneye yatmalısın bir süre de olsa...

– Bu gerçekten mümkün değil. Her gün gelirim ama yatamam. En geç ne zaman yatmam lazım?

– Bunun pazarlığını mı yapacağız şimdi? Sadece kısa bir süre... Mesela üç gün...

– Birkaç gün sonra yatsam olur mu?

– Neden?

O an gözlerim doldu istemsizce... Böyle bir şeyin pazarlığı olmazdı ama âşıktım işte ben. Bir kere bugün film izleyecektik. Belki Ada'ya kitap da okurdum. Belki birkaç şarkı dinlerdik. Sonra dinlene dinlene birbirimizi severdik. Bu aralar dinlenmeye ihtiyaç duyuyorum, aralıksız sevemiyorum, nefesim kesiliyor. Sanırım kötüyüm. Aklımdan tüm bunlar geçerken doktoruma kısa bir cümle kurdum.

– Benim bir gönül meselem var da o yüzden şimdi yatamam. Üç gün sonra olsun...

– Üç gün sonra söz mü?

– Ben söz vermem.

– Neden Burak?

– Dedemle yaşadığım bir olayı anlatayım size, beni çok daha iyi anlayacaksınızdır Attilâ Bey... Dedem her bayram öncesi elime birkaç lira verip berbere gönderirdi. "Bununla tıraşını ol, dükkâna gel" derdi. Benim dedem uzun süren tersane yıllarının ardından bulunduğu semtte ayakkabı tamirciliğine başlayan bir adam. Ufak bir dükkânı vardı, orada vaktini geçirirdi. Ben de onun yanında tabii...

Yine bir bayram öncesi dedem beni berbere bayram tıraşı olmaya gönderdi. Berbere gitmeden önce bakkala gidip dondurma yediğim için tıraşa param yetmedi... Berber de tıraştan sonra bana, "Bak şu kadar daha getireceksin tamam mı?" dedi.

"Tamam getiririm" dedim.

"Söz ver bakayım."

"Niye söz vereyim ki?"

"Parayı getireceğine söz ver işte çocuk."

"Söz vermem ama getireceğim."

Akşamüzeri dedemle dükkânı kapattık, berberin önünden geçerken, koşup kalan parasını verdim. Berber dedemin arkadaşıydı.

"Hacı bu çocuk senin gibi söz vermiyor, nasıl yetiştirdin bunu?" dedi.

Dedem de, "Duruşu söz benim oğlumun, boş kelama ne gerek?..." diye karşılık verdi.

O gün bugündür kimseye söz vermem. Kendinden söz istenecek bir adam da hiç olmadım. Ağzımdan ne çıktıysa onu yaptım. Dedemin bana kattığı en büyük şeylerden biri bu davranıştır işte... Dedem bugün yok yanımda ama ettiği her söz başucumda... İşte o yüzden ben kimseye söz vermem Attilâ Bey. Geleceğim dediysem gelirim.

Sen ne diyorsan kabulümdür Burak.

– Teşekkür ederim. Üç gün sonra hazır bir şekilde burada olacağım.

– Sakın yorma kendini, görüşmek üzere...

– Görüşeceğiz...

Üç gün... Tam yetmiş iki saatim vardı ve bu üç günün sonunda bir süre de olsa ortalarda olmayacaktım. Bir yalan söyleyecektim ve yalan söylemek hiç de bana göre değildi. Ada'yı karşıma alıp konuşsam beni anlar mıydı acaba? Belki de bir mektup yazmalıydım ona... Bir şeyler yapmalıydım, bu durum nasıl anlatılırdı ki?...

"Merhaba mavilere sakladığım kadın... Benim küçük bir hastalığım var ama küçük dediysem o kadar da küçük değil yani vücudumun herhangi bir bölgesine sığmıyor. Yayılmakta inat ediyor ve onunla büyük bir savaş içindeyim. Kazanan kim olur bilmiyorum ama ben bugün kaybetsem bile her şeye veda ederken kazanmış olarak gideceğim.

Hastalığımın kalbime sıçrama riski yok o yüzden için rahat olsun. Sana çok iyi bakıyorum ve oradan dışarı çıkmaman için kendimi iyi hissettiğim her an seni seviyorum. Bir kadını sevmek konusunda profesyonel bir adam değilim ve aşkın en acemi boyutunu yaşıyorum. Bu bir ilk benim için. Seni her gördüğümde yüzüme yerleşen o aptal ifadeyi bu çaresiz halime borçluyum.

Lafı pek uzatmak istemem ama içimden kestirip atmak da gelmiyor. Ben seni babasından azar işittiği sırada halının desenini inceleyen ve dünyayı oraya sığdıran bir çocuğun gözlerindeki düşünce ile seviyorum. Çok karmaşık bir cümle olduğunu biliyorum ama ne yapayım ben de böyle bir adamım. Sadece seviyorum diyemem. Bu ne bana yakışır ne de sana olan aşkıma...

Çok sevdiğim bir şarkı var. Onu da seninle paylaşmadan veda etmek istemem. Eğer bir gün sana veda etmek zorunda kalırsam en az günde bir kere o şarkıyı dinle ve beni hatırla... Bir mayıs şarkısı bu... Diyor ki şarkıda:

Bekliyorum hazırım olacaklara
Hazırım yeniden baharlara...

Ben hiçbir şeye hazır değilim ve sanırım son denen şeye yaklaşıyorum. Hiçbir zaman bu kadar ümitsiz bir adam olmadım ama hayat işte, böyle bir son da varmış kaderimde... Belki katılmam bu son göçe ve seninle kalırım, tabii sen de benimle kalırsan...

Sözlerime burada son verirken gözlerinden öperim bir de burnunun ucundan... Hep gülümse güzel kadın."

Dakikalar içinde yazdığım bu veda mektubunu gözyaşları içinde bitirmiştim. Aşkı bulduğum anda kaybetmek kadar kötü bir şey olamazdı. Tam da ölecek zamanı bulmuştum. Neyse ki vaktim vardı ve belki de ölmezdim. Attilâ Bey her ne kadar olumlu konuşmasa da, kalbim Ada'yı sevmeye devam etmem konusunda ısrarcıydı. Zaten benim de sevmekten başka bir seçeneğim yoktu...

"Korkak kalbimin kapılarını kıran korkusuz kadına aşkla..."

Mektubun son cümlesi işte buydu ve çoktan cüzdanımın içindeki şiirlerin yanında yerini almıştı.

On İkinci Bölüm

Her yağmura şemsiye açılmaz.
Bazen ıslanman gerekir.

Kaldırsan gül yüzünü, çarpışsa gözlerimiz...

Akşam sekiz gibi Ada'nın yanında olacaktım ve inanılmaz bir yağmur bastırmıştı, tam da yürürken... Yanımda şemsiyem olmadığına ilk kez bu kadar sevinmiştim. Sırılsıklam bir şekilde yürüyordum. Etrafımdaki herkes şemsiyelerini açmıştı çoktan ve şemsiyesi olmayanlar da şemsiye almanın telaşına düşmüştü.

Yağmur öyle güzeldi ki, ruhumu mavilere kavuşturuyordu. Bir an, gökyüzü acaba yazdığım mektuba mı ağlıyor diye düşündüm. Cüzdanımı cebimden çıkarıp sırt çantamın içine attım. Ben sırılsıklam olsam bile o mektup ıslanmamalıydı. Belki bir veda konuşması olurdu diye düşündüm.

Ada üç katlı ahşap bir evin çatı katında oturuyordu. Bu öyle güzel bir evdi ki, etrafı ağaçlarla çevrili ve buram buram geçmiş kokuyordu. Kapıyı açtığında sırılsıklam halimi görünce beni hemen içeri aldı. Üzerimde ne varsa ıslanmıştı. Hemen bir odaya geçip sırt çantamdaki gri eşofmanımla beyaz tişörtümü giyip salona geçtim. Ada çok güzel bir sehpa hazırlamıştı. Normal kadınlar masa hazırlardı, benim sevdiğim kadın ise sehpa çünkü biz normal değildik.

– Biraz geç kaldım kusura bakma.

– Ben de yeni hazırladım her şeyi...

– Sen mi yaptın bunları?

– Evet. Yapamaz mıyım?

– Yok yok... yaparsın da, epey zahmet vermişsin.

– Sana değer.

– Çok iyisin sen.

– Sen de çok iyisin Burak. Özledim seni...

– Ben de çok özledim Ada.

– Filme başlayalım mı?

– Başlayalım...

Ada filmi koymuştu ama benim gözüm filmde değil Ada'nın üzerindeydi. Su gibi bir kadındı o ve her baktığında gülen gözbebekleri vardı... Sehpanın üzerinde duran telefonunu görünce, ona göstermeden telefonunu çaldırdım. Ekranda "Sevdiğim Bey" yazıyordu. Beni telefonuna "Sevdiğim Adam" diye kaydetmişti.

– Sevdiğin Adam seni çok seviyor Ada...

– Sevdiğim Adam beni ne olarak kaydetti acaba? Bir arayalım bakalım...

Telefonumun ekranında "Korkma Kalbim" yazdı...

– Bu ne Burak Bey?

– Bu şey, "Korkma kalbim arayan Ada" demek.

– Neden böyle kaydettin ki?

– Senden önce hep korktu kalbim ama seni bulunca korkmaktan vazgeçti. İşte o yüzden sen ne zaman ararsan bunu hatırlamak için "Korkma kalbim" diyorum.

– Sen nasıl bir adamsın ya, çok seviyorum seni... Hiç vazgeçmeyecek kadar çok...

O gece Ada'yla birlikte film izledik... Ardından şarkılarla birlikte yağmuru dinledik... Sonra ben ona kitap okudum, tabii o da bana... Hayatımın en uzun gecesiydi. Hani hiç bitmesin istediğiniz anlar hemen biter ya bu da onlardan biriydi... Uyumuş kalmıştık. Ondan önce uyuduğuma emindim. Üzerimdeki halsizlik beni uykuya erken götürmüştü...

Sabah çok güzel bir kahvaltı sofrasına uyandım ve ilk düşündüğüm şey şu oldu: "Bu kadın benim olmalı." İkinci düşündüğüm şey ise, "Kaldı iki gün, hastane beni bekler" oldu.

O güzel kahvaltının ardından, Ada yayınevine, ben de kitapçıya gittim ama kitapçıda kalmadan doğru eve geçtim. Ev dağılmıştı bu sefer. Üzeyir Amca, Madam Eleni ve Başak, Buğra'nın misafiri olmuşlardı. Buğra onca huysuzluğuna rağmen bu kadar misafirle nasıl anlaşabiliyordu anlamıyordum. Mutlu olmaları bana yetiyordu.

– Yaramaz çocuk, eve de mi uğramaz oldun artık?

– Yapmayın Madam Eleni, sadece bir gece yoktum.

– Şaka yapıyorum evladım, nasılsın?

– Çok iyiyim, biraz uyuyacağım, uyandığımda konuşuruz...

Gece nedense çok yorulmuştum, insan uyurken yorulur muydu? Ben yorulmaya başlamıştım ve bunun önüne geçemiyordum artık. Doktorum haklıydı ama ben de haklıydım, biraz daha yaşamalıydım. Ada ile yaşlanamasam bile biraz daha yaşamayı hak ediyordu kalbim...

Öğleden sonra dört gibi uyandım. Biraz daha iyi hissediyordum kendimi ama hepsi bu. Değişen bir şey yok gibiydi. Âşıktım, hastaydım ve aslında devam edecek gücüm yoktu. Tüm bunlara rağmen yaşamalıydım, evet bunu her şeyden çok istiyordum. Yaşamanın değerini ne zaman anlarsınız biliyor musunuz, elinizden alınmaya çalışıldığında...

Hani bazen insan der, hepimize olmuştur. "Şimdi ölsem tam da şimdi, ne olur ki? Arkamdan üzülenler olur ve ardından unutulur giderim. Ben zaten ölmüş oluyorum ardımda kalanlar çok da mühim değil."

Eğer gerçekten ölüme yaklaştıysanız bu cümleleri kuramazsınız. Korkarsınız evet korkmak utanılacak bir şey değil. Kendinizi yitirmekten korkarsınız. Asıl mesele geride bıraktıklarınız olmaz o an... Tek meseleniz yaşayamadıklarınız olur, tıpkı benim gibi...

Hâlâ bir trene kaçak yolcu olarak binmedim. Lunaparka gidip atlıkarıncaya çocuklar gibi binip gülümseyemedim. Yaşayamadım ben. Birçok şeyi hem de... Çok param olsa da yaşayamazdım. Ben sakızlardan falımı bile okumaya cesaret edemedim. Korkak bir adamdım işte. Şimdi değiştim ama tek bir korkum var yaşayamamak. Ölüme bu kadar yakınken ölümü göze alamıyorum. Komik geliyor bazen ama aşktan adam oldum, kendime karşı koyamıyorum.

Geç kalmadan yatmalıyım hastaneye ama hastaneye yatmadan önce Ada'yı evime davet etmeliyim. O da bu güzel insanlarla tanışmalı... Belki benden sonra birkaç güzel dostu olur hem... Tüm bu düşüncelerden sıyrılıp Ada'yı aradım.

– Günaydın güzel kadın...

– Günaydın mı Burak? O kadar mesaj attım hiç cevap vermedin.

– Uyumuşum, yeni uyanabildim.

– Peki öyle olsun...

– Bu akşam misafirimiz olur musun demek için aradım seni.

– Gerçekten mi?

– Elbette. Sen Ortaköy'e gel ben seni alırım.

– Tamam, geldiğimde ararım...

Ada'yı misafir etme sırası bendeydi... Bu misafirliğin ardından da birkaç günlük bir işimin olduğunu söyleyip hastaneye yatacaktım. Akşam altı kırk beş civarında Ada aradı ve geldiğini söyledi. Sahile doğru yürümesini söyledim ve buluştuk. Yaşadığım eve ilk defa bir kız arkadaşımı davet etmiştim. Kapının girişinde merdivenin altında bulunan motorlarımızı gösterdim.

– Mavı vespa kardeşim Buğra'nın, biraz hasarlı çünkü bir kaza geçirdi. Beyaz vespa ise benim... Bu motorlar babamdan kaldı bize, eski olduklarına bakma ilk günkü gibi güzel ve temizler.

– Burak yakınlarda bir bakkal var mı?

– Hemen sokağın başında.

– Bir şey alıp gelebilir miyim?

– Beraber gidelim.

– Yok. Sen eve çıkabilirsin, ben de hemen gelirim zaten.

– Bir şey mi oldu?

– Hayır Burak yok bir şey.

– Tamam senin dediğin gibi olsun, ben çıkıyorum. Sana göstereceğim çok şey var, geç kalma...

– Hemen geleceğim.

Gelmedi.

Madam Eleni, Üzeyir Amca, Buğra, Başak ve ben masanın başında saatlerce bekledik. Aradım açmadı. Bakkala sordum, Ada'yı tarif ettim. Buraya uğramadı dedi... Ne olmuştu böyle birden?... Gece evinin kapısına gittim. Işıkları yanıyordu, kapıyı çaldım...

– Kim o?

– Benim Burak.

– Burak müsait değilim. Daha sonra konuşalım.

– Kapıyı açar mısın?

– Açamam.

– Peki. Ben bir süre olmayacağım.

– Nasıl?

– Olmayacağım işte, merak edersen evimi biliyorsun.

– Peki Burak.

– Hoşça kal Ada...

– Sen de...

Bu onunla son konuşmamız mı olacaktı yoksa sadece hikâyeye verilen bir ara mıydı bütün olanlar... bilmiyordum. Hiçbir şey bilmiyordum. Sebepsiz bir veda bana ölümü sevdirmişti o gece. Tam da o an ölsem, yaşanacak olan hiçbir şeyi yaşamasam... Bittim ben. Bittim...

On Üçüncü Bölüm

Pek anlatılacak bir tarafı yok hayatımın.
Yaşadım, yaşıyorum,
belki biraz daha yaşayacağım fazlası değil...

Hayat devam ediyor...

Bütün geceyi sokakta geçirdim. Eve gidemedim. Sığınacak bir yer arıyordum. Çaresizlik insanı mahveden bir şey. Eve doğru yürümeye başladığım sırada sabah ezanını duydum. Bir sabah namazına en son babamla gitmiştim. Sığınacak bir yer arayan insan için en güzel yeri bulduğumu düşündüm o an. Caminin avlusunda konuşan birkaç ihtiyar vardı, usulca yanlarına yaklaşıp selam verdim...

– Eşitlenmeye mi geldin evlat?

– Anlayamadım bey amca?

– Burası diyorum evlat insanları eşit kılar.

– Nasıl?

– Burada kimsenin kimseye bir üstünlüğü yoktur. Hepimiz hayrın ve şerrin ondan geldiğine iman ederiz. Meselemiz de bu değıl midir zaten, geldiğimiz gibi tertemiz gidebilmek?...

– Gelmek bilinçsizce ama gitmek zor geliyor bazen...

– O bizim için her şeyin en güzelini hazırlar. Sen imanından şüpheye düşme yeter. Sığın ve iste...

– İnşallah bey amca...

Bu bey amca bana babamı anımsatmıştı. Babam da olsa böyle tevekkül içinde yaklaşırdı her şeye. Ben kendimi kaptırmıştım dünyaya ve aşka... Olmasam da olurdu sanki ve belki de bu kadar olmam her şey için daha hayırlıydı... Camiden çıkıp tam eve gideceğim sırada... omzuma dokunan bir el ile duraksadım.

– Daha iyisin değil mi evladım?...

– Çok daha iyiyim amca, sağ ol.

– Geldiğinde iyi görünmüyordun, şimdi yürüyüşün bile değişmiş, daha sert basıyorsun yere...

– Kabullendim.

– Neyi?

– Ölümü.

– Bunu doğarken kabul etmedik mi zaten?... Sen tevekkülü elden bırakma, senin için dua edeceğim. Tüm bunlarla birlikte kendini yalnız da bırakma. Git ve konuş en yakınınla çünkü sustukça boğulursun karanlığında...

– Sağ ol bey amca, hayırlı sabahlar...

– Hayırlı sabahlar evladım...

Bey amcanın ettiği sözler iyi gelmişti ruhuma. En yakınınla konuş demişti ve benim tek bir yakınım vardı o da Buğra... Bir sabah çorbası içip eve geçtim. Odamda üstüm başımla uyuyakalmışım. Uyandığımda Buğra yatağındaydı. Bir kahvaltı hazırlayıp Buğra'yı uyandırdım ve konuşmaya başladık. Daha doğrusu ben konuştum. O geçirdiği kazadan sonra hiçbir şey hatırlamıyordu ve benimle pek konuşmuyordu.

– Buğra şimdi böyle şeyler nasıl anlatılır bilmiyorum ama ben kısa bir zaman içinde ölebilirim. Yani ölme ihtimalim yaşama ihtimalimden daha fazla... Bunları sana aylardır anlatmadım zaten sen de beni hatırlamıyorsun ama ben senin abinim. Eğer bana bir şey olursa bu ev senin ve Madam Eleni en iyi arkadaşın olacak. Vespalarımız girişteki merdivenin altında. Doktorun yürüyebileceğini söyledi ve ben seni her şeyden çok seviyorum. Sen benim canım kardeşimsin. Cüzdanımda bazı şiirlerim ve mektuplarım var. Bu şiirler bir kız için. Buraya gelir de beni soracak olursa ona ver. Bu anlattıklarımdan kimseye söz etme. Birazdan hastaneye yatacağım, telefonum yanımda olacak. Yardıma ihtiyacın olduğu an bana mesaj at, ne halde olursam olayım çıkar gelirim. Seni çok seviyorum.

Buğra'ya son bir kez sımsıkı sarıldıktan sonra masadan kalkıp kapıya doğru yürüdüm. Buğra ağlamaya başlamıştı ve aylar sonra beni hatırlamıştı...

– Abi gitme!

Bu demek oluyordu ki artık Buğra kendindeydi ve ben olmadan da yaşayabilirdi. İşte artık ölümden korkmuyordum. Zorlukla ayağa kalktı. Fizik tedavileri işe yarıyordu ve Buğra eskisi gibi yürüyecek gücüne kavuşacaktı...

Dakikalarca sarıldık. Geçmişte yaşadığımız ne varsa unuttuk. İnsanın hayattaki en değerli varlığı kardeşiydi ve biz bir bütündük. Buğra anlattıklarımdan kimseye söz etmeyecekti ve ben üç gün sonra dönecektim. Evden çıktım, önce Madam Eleni'ye birkaç gün olamayacağımı ve Buğra ile ilgilenmesini söyledim, ardından Üzeyir Amca'nın yanına uğrayıp bir süre işlerim olduğunu ve eve uğramayacağımı söyledim. İkinci kat boştu ama neden boş olduğunu hâlâ merak ediyordum. Yalçın Bey muayenehanesini açmamıştı henüz. Merdivenin altındaki vespama belki de son kez binmek istedim. Bir tur atıp dönecektim. Yarım saat sonra döndüğümde apartmanın önündeydi Madam Eleni. Buğra tutamamıştı dilini...

Madam Eleni boynuma sarıldı. "Konuşmamız lazım oğlum" dedi. Mecburdum konuşmaya çünkü Buğra ne anlattıysam hepsini noktasına kadar anlatmıştı ona... Madam Eleni, "Biraz bekleyelim" dedi. Neden diye sormadım ve bekledim. Yaklaşık on dakika içinde çok lüks bir araç geldi kapının önüne... "Buyurun Madam Eleni" diyerek kapıyı açınca şoför, aracın bizim için geldiğini anlamış oldum. "Marinaya gidelim lütfen."

Kendimi tam yirmi dakika içinde çok lüks bir yatın içinde buldum. Madam Eleni ile baş başaydık ve ben yata ayağımı bastığım anda şarkım çalmaya başladı. Meğer Madam Eleni en sevdiğim şarkının "Hazırım Gelecek Baharlara" olduğunu biliyormuş.

– Hoş geldin oğlum...

– Şaşkınım Madam Eleni.

– Şaşırma Burak, bu benim hayatım işte.

– Ben sizi böyle tanımadım ama...

– Evet kimse beni böyle tanımaz. Varlığımla kuracağım otoriteyi değil de, sevgi ve saygı eşliğinde kurulacak olan dostlukları severim... Aramızda onlarca yaş var ama sen benim en iyi dostum oldun. Bu kimine göre mümkün değil ama biz bu dostluğu beraber mümkün kıldık. Hayatımda olduğun her an için sana teşekkür ederim oğlum. Buğra her şeyi anlattı, bunun için ona kızma çünkü seni çok seviyor ve yaşamanı istiyor. Bunu en az onun kadar ben de istiyorum çünkü oğlum kadar değerlisin benim için...

– Çok teşekkür ederim Madam Eleni ama benim yaşamam pek mümkün görünmüyor, en azından doktorum bu konuda böyle düşünüyor. Yaşamak istiyor muyum artık bundan bile emin değilim. İnsan yaşamaktan vazgeçer mi? Bazen geçiyor işte.

– Yaşayacaksın Burak. Bizim için yaşayacaksın. Yaşaman için gereken her şeyi ben halledeceğim. Sen benim öz evladım gibisin. Yıllarca hiçbir şey beklemeden benimle ilgilendin, bir gün olsun ihmal etmedin. Şimdi seni bu halde bırakamam, sen benim için bu hayattaki en değerli varlıksın.

Madam Eleni'nin elleri arasındaydı yüzüm. Gözlerimden dökülmüştü yaşlar yine ve karşılıklı ağlıyorduk. Hayat bu kadar kısa mıydı yani?... Böyle mi bitmeliydi her şey?... Hayatınıza dokunan ellere karşı koyamazdınız ve benim hayatıma dokunan en mühim el Madam Eleni'nin eliydi...

– Doktorunla konuşacağız ve tedavin için elimizden ne geliyorsa yapacağız. Sen şu andan itibaren hiçbir şey düşünmeyeceksin. Sadece yaşamak için mücadele edeceksin ve bizleri asla terk etmeyeceksin. Biz seninle güzeliz evladım.

– Yaşayacağım.

O akşam hastaneye yattım. Madam Eleni'ye yaşayacağım dediğim halde ölümü istiyordum. Aklımda sevdiklerim, kalbimde Ada ve ben bu hastane odasında yine bir başına...

Doktorum suluboyaları sokmayalım odaya demişti ama kalem ve kâğıt konusunda sınırsız hakkım vardı. Yazıyordum ve tüm yazdıklarımın aslında bir veda günlüğü olduğunu bilmiyordum...

O akşam Ada'ya ilk şiirimi yazdım... Belki hiç okuyamayacağı, okusa da beni anlayamayacağı bir şiir işte...

"Çünkü ben bugün en çok da kandırılmış gibi hissediyorum.
Sevgisinin karşılığını alamamış bir kedi
Başı okşanmamış bir köpek
Bir kere ısırılıp bırakılmış bir elma
Yarısında değiştirilmiş bir şarkı
Birkaç harfi çalışmayan bir daktilo
Tek küreği kayıp bir sandal
Raydan çıktığının farkında olmayan bir tren
Pili bitmiş ve zamandan habersiz bir saat
Sabaha kadar çalışıp sınavdan kalan bir öğrenci
Avucundaki birkaç bozuk parayı kanalizasyona düşürmüş bir dilenci
Attığı hiçbir mesaja cevap gelmemiş bir âşık
Ve en çok da bir başına hissediyorum...

Ben bugün hiç tamamlanmayacakmış gibi yarım
Bitmeyecek bir şiir gibi yorgun
Soluk yazan bir kalem gibi halsiz hissediyorum…

Bugün iliklerime kadar ben olan bir kadından vazgeçiyorum.
Ben bugün ölüyorum da, sadece gömülmüyorum.

Gözümden akan yaş değil
Üzerime yağan yağmur değil.
Bu tükenmişlik ben değil.

Ben bugün en tükenmiş halimle bile seni seviyorum."

Gün akşam olurdu, gökyüzü karanlık ve ben yine maviyi severdim. Tıpkı seni sevdiğim gibi...

Kalbim yeniden korkmaya başladı bu gece...

On Dördüncü Bölüm

İnsan bazen ne olursa olsun özler çünkü özlemek insani bir ihtiyaçtır. Özlediğin kişi özlenmeyi hak etmiyor olabilir. Zaten kimse hak edenleri özlemez.

Bu hayat aşksız biter mi hiç?

Aradan bir hafta geçmişti. Tam bir haftadır bu hastanede yatıyordum ve o kadar da kötü durumda olmadığımı hissetmemi sağlamıştı etrafımda gördüğüm her şey. Ve hâlâ âşıktım Ada'ya... Aşk geçip giden bir şey değilmiş. Saplanıp kalan bir şeymiş... Meğer öğrenmem gereken ne çok şey varmış...

Hiç mi sevmemişti beni acaba? Her şey mı yalandı yani? Bu tahammül edilecek şey değildi. O sabah hastaneden kaçtım. İyi hissediyordum kendimi. Ada'yı aradım, açtı...

– Burak iyi misin?

– İyi miyim? Sence?

– Bir haftadır kapalı telefonun sana ulaşamıyorum, anlatmam gereken şeyler var.

– Ne mesela? Neden gittiğini mi açıklayacaksın?

– Yüz yüze konuşalım mı lütfen? Ofisten hemen çıkabilirim. Neredesin sen? Dükkânı da açmıyorsun. Osman Abi'ne sordum o da bilmiyor, eve de gelemedim.

– Eve neden gelemedin?

– Gelemedim işte. Neredesin sen?

– Dışarıdayım.

– Nerede buluşuyoruz?

– Yeniköy'de.

– Tamam, hemen mi?

– Evet. Bekliyorum.

– Geliyorum...

Hastane kokusundan sonra bu güzel bahar havası iyi gelmişti... İyi ki kaçmıştım o hapishaneden. Hemen bir bakkala girip karanfil aldım, epeydir çiğnemiyordum ve canım çok çekmişti. Ardından gördüğüm ilk mısırcıdan, bir değil iki tane süt mısırı aldım. Çocukluğuma dönmüştüm yeniden... Artık kimse beni üzemeyecekti.

– Burak.

– Ooo... geldiniz mi Ada Hanım?

– İyi misin? Çok merak ettim seni.

– Merak edecek bir şey yok gayet iyiyim.

– Belli belli.

– O gün neden gittin?

– Gitmem gerekti, daha sonra açıklarım.

– Şimdi açıkla.

– Açıklayamam şimdi, daha sonra...

– Neden?

– Nedeni yok. Şimdi seni özledim ve geldim yetmez mi?

– Yetmez. Öyle her istediğin zaman gelemezsin...

– Üzgünüm, hatalıydım ama öyle gerekti.

– Peki uzatmıyorum. Benim de sana anlatmam gereken birkaç şey var ama sonra anlatırım.

– Tamam sen nasıl istersen. Yeter ki küsme bana.

– Küsmek yok Ada...

– Sarılabilir miyim sana?

– Sormana gerek var mı?

Bir bankın üzerinde, sevdiğim kadın kollarımda, bense ölümün avuçlarındaydım. Bu eminliğim müneccim olduğum için değildi elbette... Doktorum Atilâ Bey ile Madam Eleni'nin konuşmalarını duymuştum. Az zamanım kalmıştı. Kimseyi kırmadan gitmek istiyordum ama ölümün soğuk yüzü de beni hırçın bir adam yapıyordu. Aniden Ada'ya döndüm.

– Ada ben başkasını seviyorum.

– Nasıl ya?

– Başkasını seviyorum işte.

– Ben?

– Seni de sevmiştim.

– Bu kadar mı?

– Bu kadar.

– Ne diyebilirim ki?... Ne denir ki sana? Adam mısın sen şimdi? Başkasını seviyorsun, iyi paşam, seviniz başkasını, üzmesinler de sizi başka bir şey istemem. Hoş kalın paşam...

– Kızdığında bile güzelsin.

– Şakaydı değil mi?

– Hayır.

– Gidiyorum ben.

– Gidebilirsin.

Üzerimden büyük bir yük kalkmıştı. Korkak kalbime yenilmiştim bugün. Ada bir daha beni aramazdı. Ben de onu arayamazdım artık. Kalbim de cesaret edemezdi zaten bu aşka... Ada yanımdan kalkalı sadece beş dakika olmuştu ki, telefonuma bir mesaj geldi...

"Adam sanmıştım seni."

Bir kadından duyabileceğim en ağır lafı da duyduğuma göre ölebilirdim. Midye gibi içime kapanmıştım. Ada'yı karşıma alıp "Hastayım, ölüyorum..." desem ne değişirdi ki? Yalnız ölmeliydim ben. Her zamanki gibi bir başına...

Yine yağmur çiselemeye başlamıştı ve ben kendimle baş başa kalmıştım. Yürüdüm, uzun uzun yürüdüm... Unutmak için, vazgeçmek için ve bu yalnızlığı sindirebilmek için... Kaçacak hiçbir yerim yoktu. Yalnızdım ama yalnızlığa tahammülüm de yoktu...

Akşamüzeri Ada'nın evine gittim. Bütün ışıkları yanıyordu. Kapıyı çalacakken içeriden gelen sesleri duydum. Birkaç kız arkadaş eğleniyorlardı. Halinden memnun olduğunu görünce kapıyı çalmaktan vazgeçtim. Ben ona aittim ama ona yetecek kadar bir ömrüm yoktu. O çok daha güzel bir aşkı hak ediyordu belki de... Bense yalnızlığı...

Mutluluk hayatımda çok yer kaplamadı. Genel olarak üzgün yaşadım ama şükretmekten de hiç vazgeçmedim.

Kaçtığım gibi döndüm hastaneye o gece... Halim yoktu yine ve uzanmalıydım yatağıma. Bir hafta boyunca vücuduma yüklenen enerjiyi sanki bir günde bitirmiştim. O gecenin sabahında Attilâ Bey tedaviye hastanede devam etmek zorunda olmadığımızı söyledi. İyiymişim. Madam Eleni, Buğra, Üzeyir Amca ve Başak beni hastanenin bahçesinde bekliyordu. Tabii bir de Başak'ın köpeği Renk.

Tek eksik vardı o da Ada'ydı. Artık dönmezdi. Hem neden dönsün ki? Ben başkasını sevdiğimi söylemiştim ve o da bana "Adam sanmıştım seni" demişti. Bir aşk daha kötü bitebilir miydi diye düşündüm. Bu acımasızlığım için kızdım kendime. Her şey düzelmişti hayatımda, Buğra yürümeye başlamıştı, gitarını çalabiliyordu ve motor bile kullanabilecekti zamanla... Başak hâlâ umut dolu bir kızdı. Madam Eleni ile Üzeyir Amca ise gül gibi geçinmeye başlamışlardı. Eksik olan tek şey bendim. Yanımda Ada olsa hiç de fena olmazdı. Herkesten daha mutlu bile olabilirdim.

"Mutluluklar fedakârlıklar ister" derdi babam. Benim de bir fedakârlık yapmam lazımdı. Ada için bir şeyler yapmalıydım. Böyle bitemezdik.

Akşamüzeri Madam Eleni'ye, Ada'ya olan aşkımdan bahsettim. Ne istersen yapalım evladım deyince dünyalar benim oldu. "Ada artık beni dinlemez, onu kaçıracağım" dedim. Madam Eleni gülmekten yere düşecekti.

– Çok mu komik bir şey bu Madam Eleni?...

– Hayır hayır...

– Neden bu kadar çok güldünüz?

– Beni de kaçırmışlardı, bundan tam elli sene önce tabii...

– Gerçekten mi?

– Evet ama beni kaçıran adam senin kadar yakışıklı değildi.

– Kimdi peki?

– Rahmetli eşim Yorgo...

– Nasıl kaçırdı ki?

– Yorgo'nun babasının nakliye şirketi vardı. Yorgo işe yaramaz bir gençti, tabii bu babamın tabiri benim değil. Beni gördüğünde tüm dünyası değişmiş ve kalbine yüklemiş her şeyini... Bir akşam bana haber gönderdi.

– Nasıl? Ne dedi?

– Bir kâğıda "Yüzlerce ev taşıdım ama kalbime kimseyi taşımadım, sen ilk ol istiyorum" yazmış, kenarına da bir tutam karanfil iliştirmiş.

– Karanfil mi?

– Evet senin gibi ilginç bir adamdı işte.

– Sonra peki?

– Ben de cevap olarak "Benim kalbim korkak, uzak durunuz" yazdım.

– Sizin de mi korkularınız vardı?

– Hayır, istemediğim genç adamlara "Benim kalbim korkak" derdim. Yani "Sana gönlüm düşmez" demekti bu.

– Sonra nasıl kaçırdı peki?

– Bu iki arkadaşını kandırmış. Eleni'nin bende gönlü var demiş. Bir akşam ben bakkala gideceğim sırada arkamdan gelen iki kişi bir anda beni arabanın içine attı.

Arabayı kullanan genç, rızam olmadığını anlayınca sokağın başında arabayı durdurup, "Eleni evine gidebilirsin, kusura bakma Yorgo'nun oyununa geldik" diyerek arabadan indirdi beni...

– Başarısız bir kaçırma olmuş o zaman.

– O gün Yorgo'ya çok kızdım. Sonra âşık oldum. İnsan bazen kendine anlam veremiyor Burak. Korkak kalbin gidiyor birinin kalbine kucak açıyor. Benim hayatım da Yorgo'nun oldu işte...

– Aşkı bulmuşsunuz sonuçta, ben ne olacağım şimdi?

– Sen şimdi doğru benim yatıma gidiyorsun. Ada'yı ben sana göndereceğim.

– Gelmez ki?

– Ben hallederim, sen şimdi doğru yata...

– Peki Madam Eleni.

Akşam saat dokuz buçuk gibi yata gitmiştim. Ada gelirse ne olacaktı diye düşünmeye başladım. Gelirse kendi isteğiyle gelecekti. Başka türlü onu kaçırmak mümkün değildi. Gözlerimin denizin karanlığına daldığı o sırada yatın arkasından gelen ayak seslerine doğru yöneldim. Ada tanımadığım bir adamın kollarında baygın halde yatıyordu... O aptal ifademle tam adama bağıracakken, arabanın içinden Madam Eleni'nin sesini duydum.

– Bu gece yaşayamadığınız her dakikanın acısını çıkarın Burak. Ada kızım şimdi uyanır. Kaptan yatı Büyükada'da demirleyecek. Hoşça kalın...

Yatın en büyük kamarasında uyuyorduk. Ada benden habersiz elleri ve ağzı bağlı şekilde yatıyordu yanımda...

O gece hiç bitmesin istiyordum ama gündüzün gecenin katili olduğunu da görmezden gelemiyordum.

Kaptan çoktan Büyükada'ya varmıştı ve demir atmıştı. Ada işte tam o sıralarda kendine geldi. İlk sözü anlamsızdı...

– Immhh!

Gözlerinden çıkan ateşi görünce korkarak da olsa dudaklarının üzerindeki bandı bir çırpıda çıkardım.

– Sen nasıl beni kaçırırsın be adam!

– Zor olmadı.

– Çöz beni.

– Henüz erken.

– Bu yaptığını ödetirim sana!

– Yaptığım her şeyin hesabını ödeyecek kadar cesurum.

– Hadi canım, sen daha bir kadını birkaç günden daha fazla sevemiyorsun.

– Sevebilirim.

– Beni neden sevmedin?

– Sevdim.

– Başkası yok mu yani?

– Yok. Zaten başkasına ayıracak vaktim de yok.

– Bir sorun mu var?

– Yok, hiçbir sorun yok. Sadece seni istiyorum yanımda.

– Yanındayım işte.

– Yetmez.

– Ne istiyorsun sen ya?

– Seni...

– Bu şekilde mi olacak istediklerin? Beni bağlayarak mı yanında tutacaksın?

– Hayır.

– Çözer misin lütfen? Sarılalım...

– Peki...

Sabaha kadar sarıldık ve uyuduk. Ben hiçbir şey anlatmadım, o da sormadı.

On Beşinci Bölüm

Bütün yüzleşmeler insanın canını yakar…

Öpsünler çocuk gözlerinden...

Sabah uyandığımda Ada'nın gözlerinden öptüm. Bir bebek masumiyetiyle yanımda uyuyordu. Âşıktım. Dünyanın en kısa ama en anlamlı cümlesi işte. Âşıktım ben. Gözüm ondan başkasına kördü ama anlamadığım bir şey vardı işte... Bizi hem birleştiren hem ayıran bir şey vardı. Adını ikimizin de bilmediği bir şey... Saçlarını okşarken kokusunu içime çektim. Bu kadını hak etmek için ne yapmıştım ben? Yanımda olduğunda içim rahat ediyordu. Uzak kaldığımızda ise tarifsiz bir acı...

– Günün mavi olsun Ada...

– O ne güzel bir günaydın deme şekli öyle Burak.

– Maviyi çok severim, seni de öyle...

– Ben de seni çok severim, maviyi de senden ötürü.

– Ortak sevgilerimiz olmalı. Mesela sen maviyi sevmelisin, ben de filleri... Aynı hayallere ulaşırız böylelikle ve kopmak nedir bilmeyiz.

– Her şey bir gün bitmez mi?

– Elbette bitecek ama asıl mesele yan yana olduğumuz anların tadına doyasıya varabilmek.

– Ben bundan emin değilim.

– Neden ama neden? Konuşacak mısın artık, bilmediğim bir şey mi var Ada?

– Yok. Bilmediğin ne olabilir ki? Ben de seni seviyorum ama olmayacak gibi hissediyorum. Bir şeyler engel sanki ikimize ve ben bunu sadece hissedebiliyorum.

– Peki, bir şey demiyorum.

– Peki Burak.

Kalbimin aştığı tüm korkuları yeniden duvarlar şeklinde etrafıma örüyordu bu kadın. Ben onu sevmek için her şeyimden vazgeçmişken, o beni bir türlü kalbine sığdıramıyordu. Ne olacaktı böyle? Bir sonu var mıydı ikimizin?... Mutlaka olacaktı bir şeyler ama biz konuşmayı bile beceremiyorduk.

Kaptanı arayıp bizi Yeniköy'e götürmesini söyledim. Ada bana ait değil. Böyle bir zorlamaya gerek yoktu. Beni gerçekten istemeyen bir kadının da zaten yanımda yeri yoktu. Aşkımdan ölsem susardım ve pek de vaktim kalmamıştı yaşamaya... Konuşmadım hiç. Suskunluğumu suskunluğuyla süsledi, hayatımı altüst eden kadın. Ben sustukça o da sustu. Bir sevgili oyunudur belki de bu. Karşılıklı susmak. Susarak anlaşanlara inat anlaşmayı düşünmüyorduk bile...

İskeleye geldiğimizde, Ada bana sarıldı. Kollarımı açıp onu sarmadım. Vazgeçmiştim. Beni küstürmüştü aşka ve yormuştu kalbimi fazlasıyla...

– Kendine iyi bak Burak...

– ...

Ben susmaya devam ediyordum çünkü size iyi bakmayan biri, sizin kendinize nasıl baktığınızla asla ilgilenmez ve ben sahte bir samimiyete saygı duymam.

Elim istemsizce cebimdeki kitaba gitti. Bir sayfa açıp hayatımın geri kalan bölümüne devam etmek istedim.

"En çok ihtiyacın olan her neyse, tam da vazgeçtiğinde karşına çıkacak. Hayat böyledir çünkü sen istediğinde değil kendi istediği zaman seni tamamlar. Bugün hâlâ yarımsan, yarım kalman daha iyi olduğu içindir."

Daha ne kadar yarım kalabilirim diye düşünmedim bu sefer. Artık düşünmek istemiyordum. Zamanım azdı sanki yani en azından ben öyle hissediyordum. Ne zaman böyle hissetsem Attilâ Bey arardı. "Son tetkiklerin sonuçları üzerine konuşmamız lazım Burak gelebilir misin?" deyince, soluğu hastanede aldım.

Suratı asıktı Attilâ Bey'in...

– Ne bu surat Attilâ Bey, sonuçlar beklediğiniz gibi çıkmıyorsa bana neden kızıyorsunuz? Doktor sizsiniz...

– Bak Burak böyle devam etmemiz mümkün değil. Burnunun dikine gittiğin sürece her şey daha kötü olacak.

– Daha kötü ne olabilir ki?

– Ölebilirsin ve bundan daha kötüsü olamaz, haklısın. Bütün gün kim bilir neler yapıyorsun. Bir de âşıksın üstelik, belki de sürekli o bahsettiğin kadının peşinden koşuyorsun.

– Ada önemli...

– Dinlenmen gerek. Bu daha önemli.

– Attilâ Bey bir konuda anlaşalım, köşeme çekilip ölümü beklemek niyetinde değilim.

– Bunu senden isteyen yok zaten. Dediğimi anlamıyor musun?

– Anlıyorum. Siz bana diyorsunuz ki, hasta gibi davran.

– Evet çünkü hastasın. Bak durum ortada neyin inadı bu anlamıyorum... Yatmalısın.

– Yatmayacağım.

– Buna sen karar veremezsin.

– Veririm. Zaman benim için çok değerli, burada yatamam. Kusura bakmayın benim iyiliğimi istediğinizi biliyorum ama olmaz işte olmaz.

– Evet senin iyiliğini istiyorum. Tamam yatma ama durumunu kabul et. Önümüzdeki günlerde tedavi yoğunlaşacak, hepsi senin daha iyi olman için...

– Yani... peki sonra?

– Sonra ne?

– Durumumu kabul ediyorum diyelim. Ne kadar daha yaşarım? Üç ay? Üç yıl?

– Öyle konuşma, son evrede bile kurtulma şansın var.

– Kurtulma şansım var demek... Boş verin sıkmayın canınızı...

Zamanım kalmamıştı ama böyle de bitsin istemiyordum. Ada bilmeliydi diyordu bir yanım ama bir yanım da susmamı söylüyordu. Bana acımasını istemiyordum. Aramızdaki engeli de bir türlü çözemiyordum. Sadece ölümü düşünmem gereken bir anda bile aklımın kıyısında Ada geziniyorsa bunun adı aşktan başka bir şey olamazdı.

Kendime yetecek kadar vardım işte. Ada'ya ne yetebiliyordum ne de yetişebiliyordum. Madam Eleni bile elinden gelen her şeyi yapmıştı ama olmamıştı işte. Biz birbirimiz için yaratılmamıştık. Telefonuma gelen mesajla kalbim denize döküldü.

"Seni kırdıysam özür dilerim."

"Kırmadın, sadece biraz hırpaladın."

"Öyle olsun istemedim."

"Öyle oldu ama..."

"Özür dilerim."

"Neden aramadın? Neden mesaj attın ki?"

"Konuşunca her şey daha zorlaşıyor."

"Konuşmadığımız zaman da zorsun sen."

"Arkadaş kalalım."

"Kalamam."

"Ne zaman istersen buradayım."

Attığı son mesaja cevap vermedim. Benim istediğim orada ya da burada olman değildi ki... Benim istediğim her an yanımda olmandı. Olmadın Ada. Sen hiçbir zaman gerçekten yanımda olmadın.

Bütün gün doktorun söylediklerini değil de Ada'nın dediklerini düşündüm. Durumumu gizlemeye devam mı etmeliydim yoksa Ada'ya her şeyi baştan sona anlatmalı mıydım, bilmiyordum. İşte en büyük çaresizliğim olmuştu. Alıp başımı gitsem belki de her şey düzelirdi. Ne gerek vardı ki bunca karmaşaya?... Nasıl olsa ölecektim. Yaşama şansım sadece yüzde elliydi, belki de bu sadece iyimser bir dile getirişti. Sonuçta hiçbir doktor hastasına ümit yok diyemezdi.

O gün ilk kez yaşayamayacaklarıma ağladım. Yaşasam ne güzel olurdu dediklerime... Bir sahil kasabasında evlenebilirdik Ada'yla ve iki çocuğumuz olabilirdi. Çocuklarıma bisiklete binmeyi, yüzmeyi, yemek yapmayı ve daha bir sürü şeyi öğretebilirdim. Evet ben dünyanın en iyi babası olabilirdim. Hayaller hep güzeldir zaten. Ada bile yokken yanımda, olmayan çocuklarımın hayalini kurmaktan daha saçma bir şey olamazdı.

Aradım, açmadı.

Tekrar aradım yine açmadı.

Sonra bir kez daha...

Ve bir kez daha...

Açmadı.

Bir süre sonra gelen mesajla verdiğim tüm çabaların boşa olduğunu anladım.

"Bitti anlamıyor musun bitti!"

Bu mesaj üzerine uzun süre düşünmedim ama bir cevap vermek gerekiyordu ve bu cevap bir mesaja sığdıracak kadar küçük değildi.

Çoktan akşam olmuştu. Evinin önüne gittim. Işıkları yanıyordu. Bahçesine girip oturdum. Onun için yazdığım mektubu cüzdanımdan çıkarıp kapısının önüne bıraktım çünkü yüzüne bakarak söyleyemiyordum içimden geçenleri ve kahrolası gururum bile ondan vazgeçmemi sağlayamıyordu. Kapısını çalıp kaçtım.

"Bugün kalbimin en dağılmış haliyle yine seni seviyorum. Dinlemek istemediğim şarkılar inadına radyolarda karşıma çıkıyor. Neden hiçbir şarkıyı dinlemek istemiyorum biliyor musun, hepsinin içine bir parça da olsa karışmışsın. Ne olacak benim bu halim hiçbir fikrim yok.

Ölüyorum lan ben diye haykırmak istiyorum denize ama yapamıyorum. Deniz bunu hak etmedi ki... Bunu sen de bilmeyi hak etmedin. Ölüyorum ben Ada. Tüm maviliklerle seni donatamadan ölüyorum. Dört tarafını denizlerle çeviremeden ölüyorum, vaktimin kalmadığını sana söyleyemeden ölüyorum. Yanımda yoksun, keşke olsaydın demiyorum, sana veda da etmiyorum. Bir gün diyorum, bir gün hayat bittiğinde ben sana olduğum yerden gülümseyeceğim ve biten şarkımızı yüz yüze söyleyeceğiz.

Benden sonrasını merak etmiyorum. Elbette yeniden sevilmeyi hak ediyorsun. Hayat bana bu şansı tanımadı. Tam sevmişken, tam bulmuşken en güzel Ada'mı... Ayırıyor işte beni senden ve ben karşına çıkıp, bak kadın ben seni çok sevdim ama şimdi ölüyorum diyemiyorum. Keşke diyebilsem ama inan cesaretim yok. Ağzımı dahi açamıyorum. Ne desem beni affedersin bilmiyorum. Kusura bakma ama ben öleceğimi senden gizledim hatta tüm bu olacakları tam da bugün öğrendim desem...

Hangi yalan insanı mutlu eder ki?...

Senden bunu isteyemem ama benden sonra kimse sevmesin seni istiyorum. Kimse dokunmasın saçlarına... Babam hep iyi insanlar gökyüzünde bizleri izler derdi. Bu iyi insanların ödülüymüş. Ben de iyi bir insanım kendi çapımda ve muhtemelen seni izleyeceğim. İşte sırf bu yüzden bile kimse dokunmasın sana...

Bedenimin toprak olması seni üzmesin, ben ölsem de gözüm senin üzerinde olur ve ruhum her gece kalbinden öper seni...

Melekler korusun seni...

Bir meleğin de ben olayım...

Kalbimin en güzel Ada'sına..."

On Altıncı Bölüm

Açıkçası kimse hayal ettiği gibi bir hayat yaşamıyor.
O yüzden kendini çok da harap etme.
Yolun sonu belli, herkes ölüyor.

Hayaller bile sevilir bazen...

Zamanım azalıyordu ve hâlâ yalnızdım. Ada'nın kapısına bıraktığım mektubun üzerinden tam bir hafta geçmişti. Aramadı. İnat eder gibi aramıyordu, görmezden geliyordu beni. Oysa her şeyi anlatmıştım ve beni sevdiğine inanıyordum. Meğer her şey yalanmış ve ben tek taraflı yaşamışım.

Madam Eleni'nin buram buram mazi kokan salonunda oturuyorduk. Daha doğrusu ben uzanıyordum. Bu durumun yakışık almadığının farkındaydım ama ağrılarımdan dolayı bir türlü rahat oturamıyordum.

– Koskoca bir hafta geçti Madam Eleni. Koskoca bir hafta. Sevse gelirdi. Ona her şeyi anlattım o mektupta ama o umursamadı. Beni görmezden geldi.

– Mektubu okuduğuna emin misin?

– Eminim Madam Eleni eminim. Kapısının önüne bıraktım ve kaçtım hemen...

– Eline aldı yani mektubu?

– Görmedim ama kapıyı açtı, sesini duydum.

– Okumamış olamaz mı?

– Olamaz!

İlk defa bağırmıştım Madam Eleni'ye ve an geçmeden pişmanlığım cümlelerime dökülmüştü.

– Affedersiniz Madam Eleni. İyi değilim ben.

– Biliyorum oğlum ama iyi olacaksın.

– Olmayacağım.

– Olacaksın evladım, sakin ol biraz.

– Ben gitmeye karar verdim.

– Nereye gidiyorsun bakayım beni bırakıp?

– Muğla'ya Kıyıkışlacık'a, babamın köyüne...

– Buğra ne olacak?

– Buğra artık iyi, benden daha iyi hatta. Onunla da bu akşam konuşacağım.

– Biliyor musun Buğra âşık olmuş.

– Nasıl? Kime?

– Başak'a...

– Başak mı?

– Evet. Bana anlattı, araları çok iyiymiş ama emin olamadığı şeyler varmış.

– Ne gibi?

– "Başak kabul eder mi?" diye sordu bana. Eder dedim.

– Eder tabii neden etmesin ki?

– Buğra çok hassas bir çocuk ve gönül işlerinde en az senin kadar korkak. Sizin ailede genetik bu sanırım.

– Olabilir, ikimiz de aynıyız. Korkuyoruz ama aşktan değil, kırılmaktan.

– Bu akşam hep beraber konuşalım mı? En sevdiğin yemekleri yaparım, hem uzun zamandır toplanmadık da...

– Konuşalım Madam Eleni. Ne güzel düşündünüz.

– O zaman akşam terasta hep beraber olacağız. Her şeyi ben hazırlayacağım. Buğra'yı, Başak'ı ve Üzeyir Bey'i hatta Yalçın Bey'i de al gel.

– Üzeyir Amca da mı gelsin? Şimdi sigara falan içer, yine kavga edersiniz.

– İçsin içsin. Hayat kısa, birbirimizi olduğumuz gibi kabul etmeyi öğrenmeliyiz. Üzeyir Bey iyi adamdır ve gerçek bir dosttur. Ne kadar atışsak da çok severim onu. Orta noktada buluşmayı biliriz biz.

– Çok sevindim Madam Eleni. Akşam herkesi toplayıp geliyorum.

– Anlaştık.

Aşağıya inip Buğra'nın ağzını aradım. Gitarıyla uğraşıyordu.

– Buğra Bey yeni bir aşk şarkısı mı geliyor yoksa?

– Aşk yok ki abi...

– Emin misin abicim?

– Değilim sanki ama bilmiyorum işte.

– Biri mi var? Yoksa benden de mi saklayacaksın?

– Var.

– Kim?

– Başak.

– Başak'ın haberi var mı?

– Haberi yok ama anlamıştır. Hisleri kuvvetli bir kız, anlamadıysa da, anlamak istemediği içindir.

– Anladıysa seni kaçırmaz. Senden yakışıklısını mı bulacak? Benim kadar olmasa da idare edersin.

– Abi sanki görüyor kız.

– Görenleri de gördük abicim. Başak'ın hisleri yeter.

– Evet abi. Ne bileyim o kadar içli bir kız ki beni de başka bir adam yaptı. Onunla birlikte zaman bile farklı akıyor.

– Çok sevindim mutlu olmanıza. Onu sakın bırakma tamam mı?

– Bırakamam ki...

– Akşam Madam Eleni'nin misafiriyiz. Hep birlikte orada olacağız. Bir plan yapma.

– Tamam abi. Başak gelecek mi?

– Başak'sız olur mu abicim? Akşam haberleşiriz.

– Tamam...

Bu yemeği organize etmek yine bana düşmüştü. Akşam yemek sırasında bir veda konuşması yapacaktım. En azından bir süreliğine de olsa aralarından ayrılacağımı ve kendimi dinleyeceğimi söyleyecektim. Önce Üzeyir Amca'ya gittim. Merdivende Yalçın Bey'le beraber sigara içtiklerini görünce çok şaşırdım. Bir yandan da benim için iyi oldu çünkü başım deli gibi ağrımaya başlamıştı. İkisine birden akşam yemeğini haber verip tekrar eve çıktım. Tam odama gidecekken Başak'ın annesini balkonda çamaşır asarken yakaladım. Ona da yemeği haber verip Başak'a iletmesini rica ettim.

Tüm gün Ada'yı arayıp aramamak konusunda kararsız kaldım. Arasam anlamı yoktu çünkü o mektuba rağmen beni umursamadıysa aramak da hiçbir şeyi değiştirmezdi. Bir an Madam Eleni'nin dediği gibi mektubu okumamış olabileceğini düşündüm ama bu mümkün değildi, kapının açıldığını duymuştum. Aramadım Ada'yı. Kalbimi görmezden geldim. Yarım saat arayla aldığım iki ağrıkesici yemek saatine kadar güzel bir uyku uyumama yaradı.

Akşamüzeri Madam Eleni muhteşem bir sofra ile çoktan hazırdı. Biraz geç kaldım yemeğe, herkes sofrada beni bekliyordu. Sahip olduğum o güzel aile karşımdaydı. Biz bize yetiyorduk. Boğaz'a karşı yemekler yenildi, sohbetler edildi, şarkılar söylendi... Her şey öylesine güzeldi ki, bir kusur bulmak mümkün değildi. Tam da o sırada devam eden hastalığımın kusuru gecemizi böldü.

Burnum kanamaya başlamıştı yine ve başım dönüyordu. En son hatırladıklarım bunlar işte... Gözümü açtığımda hastanedeydim ve ailem başucumda bekliyordu beni...

– İyi misin oğlum?

– İyiyim Madam Eleni, alıştım artık endişelenmeyin.

– Saat kaç?

– Altı oldu, bak yeni bir gün başlıyor...

– Uçağım kaçacak.

– Kaçsın.

– Gidecektim ama...

– Daha sonra gidersin Burak. Bu halde mümkün değil. Attilâ Bey ile görüşmemiz şart.

– Peki.

Öylesine yorgun hissediyordum ki kendimi, Attilâ Bey gidebilirsin dese dahi gidemezdim ama gitmeyi de hâlâ istiyordum. Bir süre hastanede yattım. İstediğim her şey elimin altındaydı. Madam Eleni bana gözü gibi bakıyordu. Aradan geçen haftalar kendimi daha iyi hissetmemi sağlamıştı. Hastaneden çıktığım gün Madam Eleni beni evine götürdü. Orada beni çok mutlu eden bir haber aldım. Buğra ve Başak karşımdaydı...

– Abi biz evleniyoruz.

– Bu harika bir haber abicim çok mutlu oldum.

– Hepsi senin sayende abi, sen olmasan hayatım bu şekilde değişmezdi. İyi ki varsın.

– Sen de iyi ki varsın kardeşim hep mutlu olun. Seni de kutlarım Başak, birbirinize iyi bakın. Oğlunuz olursa da adını Burak koyarsınız olur biter. Hem çok fazla isim düşünmenize gerek kalmaz.

– Abi sen koyarsın çocuğumuzun ismini...

– İnşallah abicim inşallah...

Çok vaktimin kalmadığını herkes biliyordu ama kimsenin bana bunu hissettirmeye niyeti yoktu. Sanki hep onlarla olacakmışım gibi konuşuyorlardı. Yaşayacağıma hepsi inanıyordu, tek inanmayan bendim...

Madam Eleni yanıma gelip seninle konuşmak isteyen biri daha var dediğinde aklıma Ada geldi. Birlikte Madam Eleni'nin arabasına binip sahile indik. İçim içime sığmıyordu. Geldiğimizde onu gördüm. İşte Ada karşımdaydı. Nasıl da özlemiştim onu... Gözleriyle buluştuğum an nefesim kesildi. Ne olursa olsun ona kötü bir söz söyleyemiyordum. Yatın içinde yine baş başa kalmıştık.

– Merhaba...

– Merhaba...

– İyi misin Burak?

– İyiyim Ada sen?

– Çok iyi sayılmam, bana kızgın mısın?

– Yok aslında kızgın falan değilim sadece kuracak cümlem yok. Ne desem diye düşünüyorum ilk defa...

– Mektubu dün okudum.

– Hangi mektup?

Kapıma bıraktığın mektup Burak.

– Nasıl?

– Rüzgâr uçurmuş. Merdivenin korkuluğuna sıkışmış, okuyunca hemen senin eve koştum. Üzeyir Bey hastanede olduğunu söyledi ve Madam Eleni sayesinde seni buldum. Her şeyi en baştan konuşalım mı?

– Konuşacak bir şey bıraktın mı? Hem neden buradasın şimdi?

– Çünkü seni seviyorum.

– İnanmamı bekleme! Acıyor musun bana?

– Hayır! Saçmalama...

– O zaman ömrünün sonuna gelmiş bir adamla ne işin var?

– Seviyorum seni yetmez mi?

– Yetmez Ada. Birbirimizi yormayalım. Sonu geldi bazı şeylerin ve ben artık üzülmek istemiyorum. Arkamda üzgün insanlar da bırakamam. O yüzden benden uzak dur.

– Neden böylesin? Neden yaşamak istemiyorsun?

– Yaşamak istemiyor muyum? Bir daha düşün bu soruyu istersen. Her şeyden çok yaşamak istiyorum ama gücüm yetmiyor işte. Bir yerden sonra tükeniyorum, elimden bir şey gelmiyor. Kimse kendini benim yerime koymuyor, herkes sadece nasihat veriyor. Peki ben! Ben dayanabiliyor muyum? Belki de çok kısa bir süre sonra yürürken bile zorlanacağım, sen bütün bunlara hazır mısın?

– Ben aptal mıyım sence? Farkında değil miyim bazı şeylerin? Bir kadın neden her şeye göğüs germek ister? Ben söyleyeyim, aşkından... Ama illa git dersen giderim yalnız çok uzaklaşmamı bekleme. Nereye gidersen oraya geleceğim.

– Bu mümkün değil.

– Mümkün.

– Yalnız kalmak istiyorum.

– Seni dinlemeyi özledim, senden bir şeyler öğrenmeyi özledim...

– Ben özlemedim.

– Gideyim mi yani?

– Git.

– Peki. Yine senin dediğin olsun.

Arkasına baka baka gitti. Kal dememi için bekledi belki de ama gitti. Bu yaptığım sağlıklı olan tüm insanlara saçma gelebilirdi ama bana saçma gelmiyordu. Onu üzemezdim artık. Aşk en güzelini hak ediyordu ve ben ardımda üzgün bir kadın bırakmak istemiyordum.

On Yedinci Bölüm

Mutluyum çünkü sahip olduklarımın
hiçbiri benim değil…

Ben en çok her şey güzel gittiğinde korkarım...

Ada'nın gidişine tanık olurken bir kez daha hatırladım her şeye geç kalışımı. Ömür dediğin ne kadar ki? Aşkı hafife alacak kadar uzun mu? Ne yaptım ben şimdi? Üzülmedi mi Ada yani?... Ama gitti.

Uzaklardan izledim onu, inmedim yattan... Gidişini izledim. Belki bir kez daha gelir diye umut ettim. Gelmedi. Zaman geçti öylece kaldım yatın içinde ve Buğra'nın sesiyle irkilerek uyandım. Rüzgârdan tutulmuştu her yanım...

– Abi Ada nerede?

– Gitti.

– Konuşmadınız mı?

– Konuştuk ve gitti.

– Anlattı mı her şeyi?

– Evet mektubu yeni görmüş işte...

– Abi mektubu sormuyorum. Başka bir şey anlatmadı mı?

– Anlatmadı Buğra.

– Ben anlatayım o zaman.

– Bilmediğim ne var?

– Çok şey var abi. Kaza geçirdiğim günü hatırlıyor musun?

– Tabii ki Buğra, anlat ne anlatacaksan.

– Abi işte o gün motorun arkasındaki kız Ada'ydı.

– Nasıl? Ne işi vardı seninle?

– Abi Ada benim arkadaşım. Kazadan sonra şoka girmiş ve babası alıp götürmüş onu. Sen onu çağırdığın gün ise merdivenin altındaki motorumu görünce o günü hatırlayıp kaçmış. Tüm bunları sana o anlatacaktı, neden anlatmadı ki?...

– Anlatmasına fırsat vermedim. Onu bulmalıyım.

– Seni gerçekten seviyor, onu kaybetme...

– Bir dakika, siz nerede konuştunuz tüm bunları?

– Başak'a geçirdiğim kazayı ve Ada'yı anlattım. Beni bırakıp gittiğini ve ona kızgın olduğumu söyledim. Başak da ne olursa olsun onu aramamı, affetmemi söyledi. Abi telefonda öyle bir ağladı ki motorumu görünce bütün kazayı baştan yaşamış gibi olmuş. Çok pişmanmış beni bıraktığı için. Senin de abim olduğunu anlayınca iyice telaşlanmış. Seni kaybetmekten korkmuş.

Yattan hızla inip caddeye çıkarak bir taksi çevirdim ve Ada'nın evine gittim. Evinde yoktu. Bir anda nereye kaybolduğunu anlamadım. Aradım açmadı. Birkaç saat sonra ise telefonu kapandı. Aklım başımdan gitmişti. Bütün gün ona ulaşamadım. Evinin kapısında bekledim sabaha kadar... Demek o da benim gibi korkmuştu. O da benim onu sevdiğim kadar beni seviyordu...

Günün ilk ışığıyla Ada karşımda belirdi. Dünyanın en mutlu adamı olmuştum o an. Ada benimdi artık, bizi kimse ayıramazdı. Hiçbir şey söylemeden, tek kelime etmeden, ona sımsıkı sarıldım.

Kollarımın arasındaki kadın. Benim kadınım. Omuzlarından aşağıya uzanan ipek gibi saçlarını kokladım. Ömrüm uzuyordu sanki. Bir anımı daha ondan ayrı geçiremezdim. O gün yaşamaya kenetlendim. Kapının eşiğinde saatlerce ağladık. Kaybetmemek için... İkimiz için...

Doyasıya öptüm onu... Sanki son kez öpüyormuş gibi öptüm... Sanki son kez sarılıyormuş gibi sarıldım. Kısa hayatımın en güzel parçasını kalbime sakladım o gün.

– Denizim ol, senden başkası sarmasın beni...

– Ada'm ol, benden başkası kuşatmasın seni...

– Seni seviyorum.

Aynı anda söylemiştik işte. Seviyorduk. Korkak kalplerimize rağmen seviyorduk

Hayatımın en güzel günlerini yaşıyordum. Hiç olmadığım kadar mutluydum. Birkaç hafta içinde Buğra ve Başak evlendi. Düğünlerini apartmanımızın arka bahçesinde yaptık. Şahitleri Ada ve ben olduk. Madam Eleni, Üzeyir Amca'nın koluna girmişti. Üzerinde çok şık mor bir döpiyes vardı. Üzeyir Amca da Madam Eleni'ye uyum sağlamak için mor bir kravat takmıştı ve mendil cebinde de mor bir mendil vardı. Arkalarından Yalçın Bey geldi. Her zamanki gibi ara sıra ıslak mendille ellerini sildiğini görüyordum. Başak'ı gelinlik içinde gören annesi gözyaşlarını tutamadı. Buğra'nın papyonunu düzelten Başak'ın arkasından bir havlama sesi geldi. Gelen Renk'ti. Hep birlikte gülmeye başladık çünkü başına tüllü bir taç takmışlardı. Osman Abi, Rauf Amca, Cahit Bey herkes yanımızdaydı...

Nikâh günü kanayan burnumu Ada'dan ve herkesten gizledim. Doktor Attilâ Bey de yanımızdaydı.

– Seni ne zaman evlendiriyoruz Burak?

– Evlenmek mi?

– Bence sen de evlen artık.

– İyi hissetmiyorum kendimi ama bundan lütfen kimseye bahsetmeyin.

– İyi olacaksın Burak.

Attilâ Bey'in sözleri içime umut tohumları ekmişti. Ada'ya evlenme teklif etmeliydim ama nasıl?... Akşam hep beraber yediğimiz yemeğin ardından Ada'yla konuştum.

– Yarın balık tutmaya gidelim mi?

– Ben hiç balık tutmadım ki?

– Ben de tutmadım ama beraber öğrenebiliriz işte...

– Gidelim tabii.

– Yarın sabah on gibi hazır ol, seni alacağım.

– Anlaştık...

O gece uyuyamadım. Sabaha kadar nasıl bir şey yapsam diye düşündüm. Öyle bir teklif etmeliydim ki, hemen evet cevabını almalıydım. Bunu ikimiz de istiyorduk ama teklif benden gelmeliydi...

Sabah erkenden uyanıp annemden kalan tek taş yüzüğü cebime koyup Ada'yı almaya gittim. Saat tam on olmuştu ki, kapsısında onu beklemeye başladım. Birkaç dakikanın ardından aşağıya indi. Motorun arkasına bindi ve doğruca balık tutmaya gittik.

Ada iskelenin kenarına oturdu. Bizden başka balık tutan insanlar da vardı ancak biz onların biraz daha uzağında kalmıştık. Hava çok güzeldi, içimizi ısıtıyordu. Ben kaldırımın kenarında bekleyen çaycı çocuktan iki bardak çay aldım, tabii iki tane de sıcacık simit...

– Biz hep çay ve simit mi yiyeceğiz Burak?

– Yok. Başka şeyler de yiyebiliriz.

– O zaman niye yine çay ve simit aldın?

– Bilmem, seviyorsun diye düşündüm.

– Seviyorum evet, sadece tepkini merak ettim.

Ada ilginç bir kızdı. Daha doğrusu muhabbetinin nereye gideceği hiç belli olmazdı. Tavrının şaka mı yoksa gerçek mi olduğunu anlamak mümkün değildi. Hâlâ ayırt edemiyordum.

– Bütün balıkları ben mi tutacağım, sen hiç tutmayacak mısın Ada?

– Sen de hiç tutmamışsın ki Burak.

– Balık yok bugün.

– Epey ilerimizdeki amcanın kovasını gördün mü?

– Görmedim.

– Kova ağzına kadar doluydu.

– Demek ki bize balık kalmamış. Al biraz da sen tut...

– Ben bulurum şimdi balıkları...

– Yemini taktım, istersen oltayı ben atayım sen çek.

– Tamam at bakalım...

– Al işte oldu. Hadi rasgele...

Yaklaşık on dakika bekledik ama olta olduğu gibi duruyordu yine... Zaten bu saatte balık kalmazdı...

– Ada olta hareketlendi çeksene...

– Çekiyorum.

Oltada yine balık yoktu ama yüzük güneşin de etkisiyle parıldıyordu... Oltanın ucundan yüzüğü çıkarıp Ada'ya uzattım.

– Şimdi nasıl bir teklif yapsam diye sabaha kadar düşündüm ama bulamadım. Zaten böyle konularda konuşmayı da beceremem. Diyeceğim o ki, kalbimi kalbinle süsler misin?

Sustu. Ada ilk defa ağlıyordu. Başını kaldırdığımda bana sarıldı ve boynumu öptü, belki de kokladı bundan çok emin değilim. Konuşmadı ama bu evet demekti işte...

On Sekizinci Bölüm

Çok güzel bir cümle de kurabilirdim lakin gerek duymadım çünkü bu hikâyenin en güzeli hep sen olacaksın…

Bana ellerini ver, hayat seni sevince güzel...

Sana gönlümü verdim nazlı güzel...

Evlilik teklifinin ardından tam üç gün geçmişti ve ben yine her şeyi beklemeye almıştım. Bu durumu da Ada ile konuştuğumda her ne kadar bana kızsa da sessiz kalmıştı. O her şey için hazırdı, gelinliğini bile seçmişti ama ben korkuyordum işte. Bu korkum onu da rahatsız ediyordu ve birbirimizden ister istemez uzaklaşıyorduk. Bütün kararsızlığım ona ansızın veda etme korkumdan geliyordu ama bunu ona bir türlü anlatamıyordum.

– Niye ben böyleyim Buğra? Neden bu kadar korkağım?

Bu nereden çıktı şimdi abi?

– Cesaretim yok, korkuyorum işte. Ada yanı başımda evlenmek için gözlerime bakıyor, bense her şeyi uzatmaya çalışıyorum. Başkaları için yaşamayı bırak, ikimize bir şans ver, buraya kadar gelmişken vazgeçme diyor.

– Vazgeçme abi. Evlenin işte...

– Korkuyorum. Onu yalnız bırakmaktan korkuyorum

Buğra. Bir gün bir yerde aniden ölmekten ve onun kalan hayatını mahvetmekten korkuyorum.

– Korkma abi, korkamazsın sen. Bana her şeyi öğreten, kalbimi insanlara açan abim korkamaz. Ben ilk kez senin sayende sevdim abi, unuttun mu? Sen beşinci sınıfa gidiyordun, ben de o sene birinci sınıfa yazılmıştım. Okulun ilk günü Fulya diye bir kıza âşık olmuştum, birkaç gün sonra da seni seviyorum demiştim.

– Hatırlamaz mıyım...

– Anneannesini çağırmıştı okula, bana kızmışlardı. Sen de sanki çok büyükmüşsün gibi hemen beni koruyarak, sevmişse sevmiş çocuk, ona kızamazsınız demiştin. Hatta sonra da elimden tutup kaçırmıştın...

– Kardeşimsin sen benim.

– Sen de benim abimsin işte ve şimdi sen de Ada'yı seviyorsun. Sevmişsen sevmişsin abi, kalbine kızamazsın. Aşk bu işte abi, o üzülecek diye korkuyorsan aşktır. Kendinden çok onu düşünüyorsan aşktır ve sen bu aşkı görmezden gelemezsin. Ada'nın ne kadar üzülebileceğini düşünmüyor musun? Siz birbiriniz için yaratıldınız abi, bırakma onu.

– Yani şimdi...

– Şimdi ne abi? Koş ona...

– Canım kardeşim benim.

O an Attilâ İlhan'ın "Sevmek için geç ölmek için erken" şiiri geldi aklıma... Yine tüylerim diken diken olmuştu. Evet belki sevmek için geçti ama ölmediğim sürece bu geç kalmışlığın bir önemi yoktu. Aradım Ada'yı...

– Ne zaman evleniyoruz?

– Emin misin?

– Eminim Ada...

– Karar değiştirmek yok ama bu sefer.

– Tamam yok.

– O zaman hemen evleniyoruz.

– İyi de bu işler nasıl oluyor, belgeler falan anlamam ki ben...

– Ben çok anlarım Burak, her gün evleniyorum zaten.

– Her gün evlenir misin benimle?

– Evlenirim...

Telefonu kapattıktan sonra Madam Eleni'nin yanına çıktım. Onunla konuşmam gereken şeyler vardı. Her zamanki gibi karşıladı beni. Öyle sıcak öyle içten biriydi ki, bir gülümseyişiyle tüm dertlerinizi unutturabilirdi. Konuya bir anda ve belki de hiç beklemediği bir soruyla girdim.

– Madam Eleni beni seviyor musunuz?

– O ne demek oğlum! Kardeşini de seni de çok seviyorum. Benim için çok değerlisiniz...

– O zaman benim için bir iyilik yapar mısınız?

– Yaparım tabii ki evladım, sen ne istersen yaparım.

– Bir şey merak ediyorum ben.

– Söyle oğlum...

– Ben kendimi iyi hissetmiyorum. Öyle düşünüyorum ki çok vaktim kalmadı. Eskisi kadar karamsar değilim, zaten bu düşüncelerim de karamsarlıktan kaynaklanmıyor. Ben sadece iyi değilim. Sanki yarı yolda kalacakmış gibi, sanki bir daha hiç olmayacakmış gibiyim. Burada yazdığım mektuplar var. Bu mektupları eğer bana bir şey olursa Ada'ya verir misiniz? Bu konuda güvenebileceğim tek insan sizsiniz.

– Burak oğlum ben senin bebekliğini biliyorum, seninle bu konuları konuşmak bile ruhumu daraltıyor ama sen mutlu olacaksan veririm tabii ki, bana her konuda güvenebilirsin...

– Sizi çok seviyorum.

– Ben de seni çok seviyorum oğlum...

– Bir şey daha isteyebilir miyim sizden?

– İste tabii ki, sormana bile lüzum yok.

– Bu apartmanın ikinci katının sahibi kim?

– Bunu cevaplamasam...

– Lütfen Madam Eleni çok merak ediyorum.

Belki başka şartlar altında sorsaydım bu soruyu cevap almazdım ama Madam Eleni önce yutkundu sonra cevap verdi.

– Benim Burak.

– Peki neden yıllardır kapalı? Ne var orada?

– Madem bu kadar merak ediyorsun anlatayım ve bu da ikimizin arasında bir sır olarak kalsın.

– Çok mutlu olurum Madam Eleni...

– Gel benimle.

Merdivenlerden inmeye başladığımızda heyecandan nefesim kesilecek gibi oldu. Çocukluğumdan bu yana merak ettiğim o kapıdan içeri girecektim. Madam Eleni yıllardır açmadığı kapıyı açtı, içeride hiçbir şey yoktu. Tüm camlar kapatılmıştı... En büyük odanın kapısını açtığında karşıma çok eski ama bir o kadar bakımlı bordo bir Mercedes otomobil çıktı. Aklımda yüzlerce soru oluştu o an. Bu araba buraya nasıl çıkmıştı?

– Sen sormadan ben anlatmaya başlayayım Burak. Şimdi bu arabanın burada ne işi olduğunu düşünüyorsun. Bu araba Yorgo Amca'nın arabası yani benim rahmetli eşimin... Çok severdi bu arabayı ve Allah bizi birbirimizden bu arabanın içinde ayırdı. Bazen hayatının hem en güzel hem en kötü gününü yaşarsın. O gün ben bunu yaşadım işte.

– Nasıl?

– Dördüncü evlilik yıldönümümüz için bir gece düzenlemişti Yorgo, bu bordo Mercedes'e gözü gibi bakardı ve sadece özel günlerde kullanırdı. Öyle ki şoförüne dahi el sürdürmezdi. Yıldönümümüzü kutladıktan sonra eve dönerken bir kaza geçirdik. Yorgo olay yerinde hayatını kaybetti, ben o kazadan burnum bile kanamadan kurtuldum. Allah'ın işi işte dedi herkes ama Yorgo benim için ölmüştü. Freni patlamış arabanın, tabii ben anlamadım. Yorgo en uygun zamanı kollayıp kendi bulunduğu taraftan aracı duvara çarpıyor ve ben kurtuluyorum. Böyle bir aşktı bizimki işte... Bu araba o yüzden burada, ne zaman özlemine dayanamasam gelir direksiyonunu öperim çünkü bilirim ki Yorgo hep yanımdadır. İşte bu da bizim hikâyemiz çocuk, hayat kimseye güllerle donatılmış yollar sunmaz.

– Ne diyeceğimi bilemedim.

– Bir şey deme oğlum sadece aşkına sahip çık. Hayat kısa ve bu kısa hayatı hastalığının gölgesinde yaşamak zorunda değilsin. Hiçbirimiz ne kadar vaktimizin kaldığını bilmiyoruz. Ölüm illa ki bir bahane bulur, sen aşkı kaçırma. Yaşayamadığın her anı öyle özlersin ki, keşke dersin, keşke birkaç saniye daha fazla baksaydım gözlerine, keşke o gece ona arkamı dönüp yatmasaydım, o gün onu işe yolcularken suratımı asmasaydım... Keşkeler bitmez ama hayat biter. O yüzden aşkla yaşa her anını...

– İyi ki varsınız Madam Eleni, iyi ki benimlesiniz...

– Sen de oğlum, iyi ki benimlesin.

Madam Eleni ile yaptığım bu konuşma o kadar iyi gelmişti ki, tüm kararlarım netleşmişti. Kalan zamanımı en güzel şekilde geçirecektim. Mutlu rolü yapmayacaktım, mutlu olacaktım artık. Her şeye rağmen mutlu.

Madam Eleni'nin yardımlarıyla her şeyi çok daha kolay çözebiliyorduk. Bir yandan tedavime devam ederken bir yandan Ada ile birlikte tatlı bir evlilik koşturmacasına kaptırmıştık kendimizi... Her şey harikaydı. Ada'nın gelinlik provaları dışında...

– Aşkım bu harika işte böyle kalsın.

– Böyle olmaz, omuzları biraz daha dar olmalı...

– Kuyruğu falan çok güzel ama değil mi? Oralara dokunmaya gerek yok.

– Kuyruk biraz daha uzun olsun bence. Öyle istiyorum.

– Ada daha nereye kadar uzayacak bu kuyruk?

– Uzun olsun işte her gün mü evleniyorum Burak? Bir kere oluyor böyle şeyler.

– Ben her gün mü evleniyorum?...

– Sen de mi kuyruk istiyorsun damatlığına?...

– Yok yok. Ben sadece bir an önce evlenmek istiyorum.

– Ben de istiyorum ama gelinlik önemli... Çok güzel olmalıyım.

– Bu diğer kızlara haksızlık olmaz mı?

– Sen yine çok mu tatlısın acaba?

– Öyle miyim?

– Öylesin tabii...

– Tamam o zaman kuyruk böyle kalsın aşk.

– Kuyruk uzayacak!!!

Sonuçta bir kere evleniyorduk ve her şey güzel olmalıydı. Benim için her şey güzeldi zaten ama Ada'nın güzellik anlayışı tüm gözleri etrafında toplamaktı. Seviyordum bu kadını, her haliyle çok güzeldi.

Bir hafta sonra...

Sahnede Buğra vardı ve ikimizin ilk dans şarkısını söylüyordu. Bir kır düğünüydü bu, her şey Ada'nın istediği gibiydi. İlk dans sırasında gelinle damadın ne konuştuğunu hep merak etmişimdir. Şimdi merak edilen taraftaydım ve ne konuşacağımızı merak ediyordum.

Kuyruk biraz kısa mı oldu?

– Kuyruk mu?

– Gelinliğin kuyruğu işte Burak.

– Biraz daha uzun olmalıydı.

– Gerçekten mi ya?

– Hayır aşkım ya, seni seviyorum.

– Ben de seni çok seviyorum.

– Çok heyecanlıyım, ayağıma basma sakın...

– Ben de çok heyecanlıyım, basabilirim ama kuyruğuna.

– Of Burak, taktın kuyruğa!

– Çok güzelsin.

– Sensin güzel.

Madam Eleni ile Üzeyir Amca da yanımızda dans ediyorlardı. Buğra da şarkıyı solist arkadaşa bırakıp Başak'la yanımızda dansa başlamıştı. Her şey o kadar güzel, o kadar tarifsizdi ki, bir ömür öyle kalabilirdim. Yorgunluğumu dahi unutturmuştu bu tablo ama acılarımı zaman zaman da olsa gizleyemiyordum.

– İyi misin Burak?

– İyiyim aşkım, çok iyiyim...

– Yorulursan söyle oturalım.

– Yorulmam...

Yorulmuştum ama bunu davetlilere ve aileme en az şekilde hissettirmeye çalıştım. Akşam olunca Madam Eleni'nin yatıyla Büyükada'ya gittik ve muhteşem bir gece geçirdik. Balayı için ilk tanıştığımız yere, yine o butik otele gitmiştik. İkimiz için de en anlamlı yer burasıydı.

Madam Eleni bizi adaya bıraktıktan sonra Üzeyir Amca, Buğra ve Başak'la geriye döndüler. Yorgunluğum artık son safhaya gelmişti. Otele geçtik ve üzerimizi değiştirdik. Ada makyajını temizlemek için banyoya gitti, ben de o sırada uykuya dalmışım... Sabah uyandığımda odamıza gelen güzel bir kahvaltı ve tepsinin hemen yanında ilaçlarımı gördüm.

Ada yine gözümde dünyanın en güzel kadını olmuştu.

– Seni sevdiğimi söylemiş miydim?

– Bilmem, hatırlayamadım beyefendi.

– Nefes aldığım her an seni seviyorum, bunu bir an olsun unutma...

– Unutmam aşkım, sen de ilaçlarını unutma ama...

– Unutmam aşk...

Balayımız boyunca hastalığımı unuttum... Kendimi çok iyi hissediyordum. Sevginin gücüydü belki de bu. O ne kadar kendimi iyi hissetsem de yorulmamam gerektiğini yineliyordu. Bense bu tarifsiz mutluluğumu daha da yoğun şekilde yaşamak için çabalıyordum.

Aklımda Kıyıkışlacık'a gidip hayatımın kalanını orada geçirmek vardı ama bunu Ada'ya söylemeye çekiniyordum. İkimiz de büyükşehirlere alışmış insanlardık ve bu Ada için haksızlık olabilirdi. Öyle ki benim bencillik yaptığımı da düşünebilirdi... Yine de içimde kalmasını istemediğim için Büyükada'dan ayrılacağımız gün Ada'ya bu konuyu açtım.

– Kıyıkışlacık köyüne gittin mi hiç?

– Adını duydum ama hiç gitmedim. Sessiz sakin bir yer olarak biliyorum.

– Babamın evi var orada, uzun zamandır gitmiyorum.

Balayımızın devamını orada geçirsek olur mu? Nedense özledim orayı...

– Tabii ki olur aşkım... Kaç gündür düşünceli düşünceli duruyorsun, bu muydu söylemek istediğin?

– Evet, orada kendimi iyi hissedeceğim, şehrin gürültüsü ve kalabalık beni yoruyor...

– Sen nerede iyi olacaksan orada olalım...

– O zaman hemen gidiyoruz.

– Gidelim.

Kıyıkışlacık / Muğla

Gökyüzü olduğundan daha temiz kokuyordu. Havada tek bir bulut bile yoktu. Etraftaki kuşların sesleri kulaklarıma dolarken çayımın son yudumunu da içtim. Avucumda Ada'nın yumuşacık elleri vardı. Hafif hafif parmaklarımı okşuyordu. Sanki fonda çok güzel bir müzik çalıyormuş gibi gözlerini kapatmış, gülümsüyordu. Sevdiğim kadın yanı başımdaydı ve ben dünyanın en mutlu adamıydım... Renk havlamaya başlayınca ikimiz de irkildik, yine komşunun kedisini görmüştü. Bir türlü hoşlanmamıştı bu kediden, belki de Başak'la Buğra'yı özlemişti ama birkaç gün daha bizimle olacaktı çünkü Başak göz ameliyatı için Madam Eleni ve Buğra'yla yurtdışına gitmişti ve eğer her şey yolunda giderse bizleri görebilecekti...

Her akşam Ada ile yürüyüşe çıkıyorduk ve o da sevmişti bu küçük şirin köyü...

– Hep burada kalalım mı aşkım?

– Nasıl hep?...

– Hiç dönmeyelim işte Burak, hem sen de bunu istiyorsun, biliyorum...

– Kış olunca zor olur ama.

– Olsun çok sevdim burayı.

– Sen olsun diyorsan olur.

Başıma ansızın saplanan ağrılardan Ada'ya bahsetmiyordum. Bu güzel anlarda huzurunun kaçmasını hiç istemiyordum. Günler günleri kovalıyordu ve ben her günü sanki Ada'yı tanıdığım ilk gün gibi heyecanla yaşıyordum.

İkinci haftamız da dolmuştu ve Ada iyiden iyiye alışmıştı bu minik köye... Öyle ki komşularımız bile olmuştu. Yine denize karşı çaylarımızı içtiğimiz bir gün Ada'nın telefonu çaldı, arayan Madam Eleni'ydi.

– Ada merhaba kızım nasılsın?

– Madam Eleni, çok iyiyiz, siz nasılsınız?

– Bizler de çok iyiyiz. Bu akşam Buğra ve Başak'la dönüyoruz...

– Ameliyat nasıldı?

– İyiydi ama bir ameliyat daha gerekebilir, hem geldiğimizde görürsünüz, yarın akşamüzeri oradayız.

– Gerçekten mi? Harika bir haber bu. Burak da çok sevinecek...

– İkinizi de öpüyorum kuzum, oğluma çok iyi bak, hoşça kalın...

– Hoşça kalın Madam Eleni, biz de sizi öpüyoruz...

Ada çok mutlu bir şekilde kapattı telefonu ve bana güzel haberi verdi...

– Yarın geliyorlar.

– Buraya mı?

– Evet aşkım...

– Hemen hazırlıklara başlayalım.

– Başlayalım.

– Başak? Başak nasıl olmuş?

– Madam Eleni pek bilgi vermedi ama iyiymiş.

– Görüyor mu yani, görebilecek mi bizleri?...

– Sanırım bir ameliyat daha gerekebilirmiş.

– İyi olsun da, görmese de olur.

– Hepimiz iyi olacağız aşkım...

"Hepimiz iyi olacağız." Bu söze o kadar çok inanmak istiyordum ki... İyi olmayı her şeyden çok istiyordum. Hep beraber kocaman bir aile olmak için her şeyimi verebilirdim.

Ertesi gün için Ada çok güzel yemekler yapmayı planlıyordu. Her şey kusursuz olmalıydı. Sabah olduğunda göğsümün üzerinde uyuduğunu gördüm. İpek saçlarını okşayarak uyandırdım onu ve doyasıya öptüm...

Akşamüzeri Renk'i aldım, sahile inip babamdan kalan sandalyeye bir başıma kuruldum. Ada geç kalma diye tembihlemişti... Böyle güzel bir güne asla geç kalmazdım, zaten evden sadece birkaç sokak uzaktaydım. Aradığında hemen eve geçecektim.

Bir gün hayatımdaki bütün hatıralara veda edip gideceğimi aklımdan bile geçirmezdim. Hayatın benim kurallarıma göre oynanan bir oyun olduğuna öyle inanmıştım ki, olabilecek başka bir ihtimali hiç düşünmemiştim. Yaşadıklarıma, yaşattıklarıma ve bana yaşatılanlara baktığımda o ortak nokta çıkıyor işte karşıma... Hayat.

Babamın köyündeyim şimdi... Biraz rüzgâr var biraz da denizin o mis kokusu... Ben varım biraz da... Denizden esen rüzgâra açtım göğsümü... Gökyüzünün başımın üstünde yeri var, hatıralar ise hep ardımda kaldı. Yapayalnızım sanki... Bekliyorum sıra bende... Sonsuz yolculuğa çıkmaya ramak var belki de... Başımda tahammül edemeyeceğim ağrılar ve yanıma aldığım radyodan yükselen sesler...

Güneş gökyüzüne yavaş yavaş veda etmeye başlamıştı ki Renk o an yanımdan bir anda fırladı, sanki Başak'ın kokusunu almışçasına... Adımı söylediklerini duydum. Dönüp bakamadım. Buğra, "Abi..." diye seslendi. Ardından Başak gelip gözlerimi kapadı elleriyle... "Bil bakalım ben kimim?"

Görüyordu Başak, elinde beyaz bastonu yoktu. Cevap veremedim tüm bu olanlara, en sevdiğim arkadaşımın gözlerine bir kere bile bakamadım. Madam Eleni saçlarımı okşadı, yanaklarımda Ada'nın gözyaşları vardı ve akşam, üzerimizi çoktan örtmeye başlamıştı. Bir daha hiç göremeyeceğim aileme dönüp son kez bile bakamadan veda ettim her şeye...

On Dokuzuncu Bölüm

Bana âşık öl…

Duysam hep korkma kalbim dediğini...

Son mektup...

"Bu mektubu okuyorsan şu an muhtemelen yanında ben yokumdur. Seni yalnız bıraktığım için özür dilerim lakin hayırlısı böyleymiş. Ağlamanı istemiyorum güzel kadın çünkü her mektup bir kişinin gözyaşına müsaade edecek kadar dayanabilir ıslanmaya ve ben sana bunları yazarken yeterince ağladım.

Korkak kalbimin en cesur yanıydın sen. Beni aşkla tanıştırdın, ki bunu senden önce hiç kimse yapamamıştı. Beni çok sevdin, sen zaten sevmesen hayata senden önce veda edeceğini bildiğin bir adamın yanında olmazdın.

Bir ah çekiyorum, derin derin nefesler alıyorum. Çoktan tükendim ama yine de kalbimi sana açıyorum. Bugün sen uyurken kürekkemiklerini izledim. Bir adamın yapabileceği en saçma şeydir belki de... Kaç kişi sevdiği kadının kürekkemiklerini izleyip aşka doyabilir ki? Ben doydum işte... Bütün gece izledim.

Gerçi bunu yüzüstü yattığın tüm gecelerde yaptım. Sen öyle yatmayı pek sevmezdin ama benim neleri sevdiğimle ilgilendirdin. Kürekkemiklerin demişken, dünyanın en büyük okyanuslarını gezdim ben onlar sayesinde... Seni nasıl sevdiğimin başka bir tanımı yok işte...

Hiç bitmeyen bir mektup yazmak isterdim sana ama buna ömrümün yetmeyeceğini biliyorum. Gidiyorum ben Ada. Bilmediğim bir yere gidiyorum hem de en iyi bildiğim yerden... Kalbinin yanından beni nelerin beklediğini bilmediğim bir yere gidiyorum. Hesaba çekileceğim. Seni neden bu kadar çok sevdiğim de sorulur belki. O soruyu pas geçeceğim çünkü bazı soruların cevabını kendin de bilemezsin.

İlk vapura bindiğimiz günü hatırlar mısın bilmiyorum. Filleri sevdiğini söylemiştin. İşte ben o gün eve gidip bütün fil belgesellerini izlemiştim. Bir kadın filleri seviyorsa vardır bir nedeni diye düşündüm ama senin neden sevdiğini bulamadım. Beni de sevebilir misin acaba diyerek izledim hepsini... Kediyi seven kadınlar yalnızlıktan korkar derdi babam, köpeği ise aslında kendilerini güvende hissetmek istediklerinden severlermiş...

Sen neden korktun da filleri sevdin be kadın!

Adını nasıl oldu da her adımımda hatırlattın?

Bir fil kalbi kırıldığında ölebilirmiş. Sen filleri boşuna sevmiyorsun güzel kadın. Sen kalbinin kırılmasından korkuyorsun da haberin yok. Bu veda kırıyor mu kalbini şimdi? Sakın kırmasın, bu bir veda değil sadece olması gerekeni yaşıyoruz. Hem kırılmasın senin kalbin çünkü o artık aynı zamanda benim kalbim. Orada hep var olmak isterim.

Bitmesin istiyorum şu mektup ama bir son gerekiyor ya her şeye bilirsin işte... Nasıl sevdiğimi bilirsin seni ve sana doyamadığımı da cümlelerimden anlarsın.

Çok sevdim ben seni kadın. Yemin ederim ki mecbur kalmasam gitmezdim. Direnemedim. Gücüm yetmedi, çaresiz kaldım. Ne sana yetebildim ne kendime, affet...

Ardımda bir şeyler bırakıyorum sana... Beni hatırlaman için hepsi... Ben seni unutmam deme çünkü unuttuğun anlar olacak. Babamdan kalan sarı ve kırmızı kartlar var bıraktığım eşyaların içinde... Beni her unuttuğunda kendine bir sarı kart çıkar ama hiçbir zaman ikinci sarıdan kırmızı kart çıkartma. Babam da kolay kolay çıkarmazdı kırmızı kartını cebinden. Ben de pek çıkarmadım zaten...

Babamın hakem düdüğü var. Onu lütfen boynuna as ve ara sıra çal, sesimi duyacaksın... Vespam da senin olsun kadın çünkü senin kadar sevdiğim bir şeye yine en iyi sen bakarsın. Beşiktaş formalarıma gelince, tabii ki onlar da senin olacak. Her şampiyonluğumuzda giy diyeceğim ama pek şampiyon olmayı da sevmeyiz biz. Sen yine de arada çıkar giy, bana iyi geliyordu sana da iyi gelir...

Buğra ve Başak'la arkadaşlığını bitirme sakın ve Madam Eleni ile Üzeyir Amca'ya da iyi bak... Kitaplarımı Rauf Amca'ya verme. İlkönce kim ölürse kitaplarını diğerine bırakacak demiştik. Rauf Amca'ya öldüğümden bahsetmeyin, yurtdışında olduğumu söyleyin, üzülmesin.

Yirmi dokuz yıllık hayatımın bu kadar kısa bir mektuba sığacağını düşünmezdim ama sığdı işte. İnsan anlardan ibaret, yaşadığın her an mutlu ol kadın. Son dönemlerde çektirdiğimiz fotoğraflarıma bakma, pek yakışıklı çıkamadım onlarda zaten pek de halsizdim. Beni öyle hatırlama.

İlk gün nasıl tanıştıysak öyle hatırla beni. Öyle sev ve gerekirse öyle unut ama sana nasıl âşık olduğumu hiç unutma...

– Benim korkak kalbim size âşık oldu...

– Kutu kutu pense oynamıyoruz küçük bey, aşkı çocuk oyunu mu sandınız siz?

– Aşkın bir oyun olmadığını öğrenecek kadar büyüdüm ama şayet aşk bir çocuk oyunu olsaydı ve o oyunun adı da kutu kutu pense olsaydı tüm dünya size arkasını dönse bile ben size arkamı dönmezdim küçükhanım...

– Böyle konuşursan kilitlenirim ben ama...

– Eğer kilitlendiğiniz yer kalbim olacaksa bundan memnuniyet duyarım.

– Susuyorum.

– Ben de size...

Ben hâlâ ilk günkü gibi susuyorum sana. Aşkın bir tuz gölü olmuş kalbimde seni içmeden ferahlayamıyor. Seni çok seviyorum. Mavi kadar, vespam kadar, korkak kalbime cesaret veren gülüşün kadar...

Bu yaşımı hiç böyle hayal etmemiştim. Ölümün yaşı mı olur derler, olmaz. Çok erken veda etmiş sayılmam hayata ama yarım kalan bir şeyler var. Zaten ne zaman ölürsen öl hep bir şeyler yarım kalmaz mı? Ben yarım bile kalamadım seninle... Çok erken bitti hani göz açıp kapayana kadar derler ya, tam da öyle işte... Tek cümlelik bir hakkım olsa şunu söylerdim: Doyamadım sana...

Bir de o gün adada fotoğrafımızı çeken amcanın kulağına, sadece denizi, gökyüzünü ve bizi çek demedim. Ona şunu söyledim:

Hiç ayrılmayacakmışız gibi çek...

Ve biz ayrılmadık, bu da bir ayrılık değil, kavuşacağız. Son olarak güzel kadın, belki bu yaptığım bencillik ama ben hayatında olmasam bile lütfen sen bana âşık öl.

Unutmadan bir de şarkı yazdım sana ama söyleyecek fırsatım olmadı. Buğra bizim için besteler ve beraber söylersiniz, söyledikçe de beni hatırlarsınız...

Yanımda ol istedim bütün ömrüm boyunca
Sarılalım istedim gitme bana doyunca...
Korkak kalbimle sevdim yüreğimde hep adın
Her gecenin sabahında yanımda olsun tadın...

Kaldırsan gül yüzünü
Çarpışsa gözlerimiz
Bu hayat aşksız biter mi hiç?

Söylesen sevdiğini
Anlatsan bildiğini
Duysam hep korkma kalbim dediğini...

Bu tükeniş benden değil sadece gidişinden
Mesele gitmen değil ölürüm bitişinden...
Yollarıma çıkmazsan azalır adımlarım
Her gecenin sabahında adını sayıklarım...

Bu bir ayrılık değil. Seni seviyorum.
Bana âşık öl."

Bu tükeniş benden değil sadece gidişinden...

Bir sabah uyanırsınız ve yanınızda sevdiğiniz adam yoktur. O an her şeyden nefret edersiniz. Hayatınızdaki her şeyden uzaklaşır kimseye tahammül edemez duruma gelirsiniz. Yazdıklarını okudukça her gün daha da kötü olursunuz. Ondan kalan ne varsa içinizi acıtır. Ardında bıraktığı defter, kalemleri, suluboya resimleri, motoru, besteleyemediği şarkısı ve çiğneyemediği karanfilleri sizi parça parça eder.

Nereye baksanız onu görürsünüz. Bir daha adaya gitmezsiniz mesela... Denize bakmaya korkarsınız ve gökyüzüne notlar bırakamazsınız onsuz. Biri daha sizi onun gibi sevemez. Hiç kimse fotoğrafçının kulağına eğilip "Hiç ayrılmayacakmışız gibi çek" diyemez. Bir daha hiçbir şey eskisi gibi olmaz. Hayata ve içindeki her şeye küsersiniz.

Arkasında bıraktığı ne varsa sarılır ağlarsınız ve bu acıyı kimseye anlatamazsınız. Mektubun yanında bir de adada çekilen fotoğrafımız vardı. Aslı bendeydi bu fotoğrafın ama Burak demek ki kendine de bir tane yaptırmıştı, arkasına da şunu yazmıştı:

"Şöyle bir fotoğrafımız olsun istemiştim
Oldu işte...
Biraz bir başına gibi...
Biraz yanında gibi...
Biraz da her şeyi boş vermiş gibi...
Benimle her şeyi boş verir misin?"

Seninle her şeyi boş veririm de, sensiz hiçbir şeyi boş veremem hatta ben sensiz ne yapacağımı da bilemem.

Bu hayat aşksız biter mi hiç?

YAZARIN NOTU

Hayat insana elinden geleni yapmayı öğretiyor ama kalbinden geleni yaşamayı öğretmiyor. Bu hayattaki en büyük engelleri hiç hak etmediği halde kalbimizin önüne koyuyoruz. Susturuyoruz onu, duymazdan geliyoruz söylediklerini ve zamanla korkutuyoruz kalbimizi...

Geç kalıyoruz. Yaşamaya, hissetmeye ve aşka... Şimdi bu satırları okuyorsan eğer hâlâ hayattasın demektir ve bu hâlâ yaşanacak şeyler olduğunun en büyük kanıtıdır. Kalbini görmezden gelme çünkü sana en doğru yolu eninde sonunda yine o gösterecektir.

En güzel yerlerde, en doğru insanlarla yollarımızın kesişmesi ve her zaman en iyisinin değil, en hayırlısının olması dileğiyle...